バディ —主従—

Rena Shuhdoh
愁堂れな

CHARADE BUNKO

Illustration

明神翼

CONTENTS

バディ —主従—

プロローグ

庭の西側一面はツツジの植え込みとなっている。桜の季節が過ぎたあと、ピンク、白、赤とさまざまな色の花を咲かせるその植え込みの陰が、いつしか僕の泣き場所となっていた。

藤堂《とうどう》家の長男に生まれたからには、すべてにおいて人より秀でていなければならない。学業しかり運動しかり芸術しかり――物心つかない時分から語学やピアノ、柔道、剣道、絵画に水泳と、あらゆる分野の家庭教師が入れ替わり立ち替わりやってきたが、それらを苦痛に感じたことはなかった。学業にしろスポーツにしろ、努力次第である程度のレベルまでは到達できるからだ。

すべてにおいて『人より秀でる』には更なる努力が必要だが、幼すぎる頃からその『努力』を強いられていたため、僕にとっては努力するのが当たり前になっていた。努力さえすれば『秀でる』ことができる程度の身体能力が備わっていたのも幸いだったということだろう。

だが、幼心にも辛《つら》いことはあった。人の上に立つ者は、決して人前で泣いてはならないという教えだ。

母が亡くなったときでさえ、祖父は葬儀の席で泣いた僕をあとから叱責《しっせき》した。

『人に弱みを見せるな』

父が自分の地盤を継がずに実業家となったことから、祖父は僕に跡を継がせようとしていたようだ。僕の弟も同じように泣いていたが、彼が注意されることはなかった。

祖父の言葉は家の中では絶対であったので、それ以降僕は何があっても人前では泣かなくなった。どうしても涙が零《こぼ》れてしまうときには、庭のツツジの植え込みの陰でひっそりと泣く。自室では誰《だれ》が来るかわからなかったが、この庭の隅は庭師の入る日以外に人が通ることはないためだ。

今日、僕が泣いているのは、可愛《かわい》がってくれた乳母《うば》が亡くなったからだった。身体《からだ》の弱かった母の代わりに、赤ん坊の頃から僕を育ててくれた大切な乳母だった。

交通事故だった。信号待ちをしていたところに、居眠り運転のトラックが突っ込むという、百パーセント運転手の過失による事故だった。

出かける前まで優しい笑顔を向けてくれていた彼女が、この世にもう存在しない。信じがたい思いからただ呆然《ぼうぜん》としていたが、やがてそれが紛《まご》うかたなき真実だとわかると、悲しくて堪《たま》らなくなった。

母を亡くしたとき、泣いている僕を叱責した祖父に対し、一人食ってかかったのが彼女だった。

『まだこんなに小さい子に、なんと無体なことをおっしゃるんですか』

泣きながら僕を抱き締め、祖父を睨《にら》みつけた彼女の、ぶるぶると震える腕の感触は今でも残っている。

慌てて飛んできた彼女の夫が——祖父の運転手だった——平身低頭して詫《わ》びたが、彼女は絶対に祖父に頭を下げなかった。それでいて祖父からなんの咎《とが》めもなかったのは、祖父が乳母としての彼女に対し絶大な信頼を寄せていたためだ。

父やその弟たち、そして僕と弟と、彼女は二代にわたり藤堂家の子供たちを育ててきた。その彼女が亡くなったと知ったときには祖父も『まさか』と絶句していた。が、祖父の目から涙が零れ落ちることはなかった。

だから僕も人前では泣くことができないのだ、と、いつもの植え込みで、膝《ひざ》を抱えて座り、その膝に顔を伏せて僕は泣きじゃくった。

『祐一郎《ゆういちろう》坊ちゃま』

優しい笑顔が、温かな掌《てのひら》の感触が蘇《よみがえ》り、涙が止まらなくなる。

母が亡くなったときに僕は『人が死ぬ』とはどういうことかを身をもって体感していた。どんなに恋しく思っても、もう二度と会うことができなくなる。もう彼女とは話すこともできず、触れることもできない、思い出の中にしか存在しなくなってしまうとわかるだけに、ますます止まらなくなった涙に咽《むせ》んでいたそのとき、頭の上から声が降ってきた。

『祐一郎様』

『…………』

その声は、と顔を上げ、思ったとおりの姿を見出《みいだ》す。

『……大丈夫ですか?』

僕の傍《そば》に片膝を立てて座り、顔を覗《のぞ》き込みながらおずおずと問いかけてきたのは、乳母の孫だった。

『……諒介《りょうすけ》君は……大丈夫なの?』

彼の頬《ほお》には一筋の涙の痕《あと》もない。血の繋《つな》がりがあるのだから、僕以上に悲しいだろうに、と思い尋ねると、諒介は微笑《ほほえ》み首を縦に振った。

『悲しいです』

『なぜ泣かないの?』

悲しいと涙が出るものではないのか。なのになぜ泣かないでいられるのかと問うた僕に、諒介はまた微笑み、小さな声でこう告げた。

『泣いては駄目だと、おばあちゃんに言われてるから』

『……え?』

そんなことを乳母が言っていたなんて、と驚いた僕の前で、相変わらず微笑んだまま、諒介がぽつぽつと言葉を繋いでいく。

『お前は祐一郎坊ちゃまを守らなければならないのだから、何があっても泣いては駄目だと……常に坊ちゃまの盾になり、お守りする役目があるのだから、泣いている暇などないのだと……』

『泣いていい、泣いていいよ……っ』

そんな、と僕は思わず諒介に抱きつき、泣きじゃくっていた。

『祐一郎様……』

諒介の戸惑う声が僕の耳元で響く。

『泣いていいんだよ。悲しいときには、お前は泣いていいんだ。我慢なんてすることないよ。盾になんてならなくていい。僕は……僕は自分のことは、ちゃんと自分で守るから……っ』

子供心にも僕は、『藤堂家の長男』に生まれるということは、人とは違う責任のようなものを負わねばならないと認識していた。だが、諒介は違う。彼にも僕のような重荷を背負わせるわけにはいかないと、僕は彼を抱き締め、泣きながらそれを説こうとした。

『君はいいんだ。泣いていいんだ……僕は、僕は大丈夫だから。強くなるから……っ』

『いいえ』

そのとき、やけにきっぱりとした声が耳元で響いたと同時に、僕は強い力で抱き締め返されていた。

『祐一郎様をお守りするのは僕です。命に代えても必ず……っ』

熱く訴えかける声は微《かす》かに震えていた。彼も泣きたいのだと察した僕はますます強く抱き締め、泣いていいのだ、と訴える。

『大丈夫だ。僕は強くなる……強くなるから』

『僕も強くなります。祐一郎様をお守りするために、強く……強く……』

いつしか抱き合って泣いていた僕と諒介を、満開のツツジが囲む。

『強くなるから……っ』

『強くなります……っ』

同じ言葉を告げ合い、しっかりと抱き締め合う。その日以来僕は、彼がいつでも悲しいときに泣くことができるように——彼に守ってもらわなくても、自分の身を守ることのできる強い男になろうと、決意を固めたのだった。

1

いつものように、目覚まし時計のアラームが鳴るより前に藤堂祐一郎は目覚め、起き上がって、念のためにセットしているだけのアラームを解除した。

時計の針は午前五時半を指している。かなり以前から藤堂は己の睡眠時間を四時間半と決めており、午前一時に就寝し、午前五時半に起きるという生活習慣は滅多なことで破られることはなかった。

起床後は庭へと向かい、そこで竹刀《しない》を振ったあと、シャワーを浴び朝食をとる。胴着と袴《はかま》を身につけながら藤堂は、それにしても懐かしい夢を見た、と目覚める直前まで見ていた夢を思い起こした。

十歳の頃、乳母が交通事故で亡くなった、その日の夢だった。悲しくて悲しくて泣いた幼い日の記憶が藤堂の脳裏に蘇り、支度の手が一瞬止まる。

当時泣き場所にしていた一面のツツジは、今も庭の西側にある。最近では多忙すぎて庭を散策することもなくなったが、毎年見事な花を咲かせていることだろう。あの花陰で共に泣いた『乳兄弟』のことを思い起こしていたそのとき、ノックの音がしたと同時にドアが開いた。

「祐一郎様、小雨が降って参りました。いかがいたしましょう。朝稽古《あさげいこ》は剣道場でなさいますか？」

自身もすでに胴着と袴を身につけ、すっかり身支度を整え終えた篠《しの》諒介が、丁重に頭を下げつつ藤堂に尋ねてくる。二人は毎朝共に稽古をしているのだが、それは物心つく前からの習慣だった。

「霧雨か？」

「今のところは」

「それではいつものように、外にしよう」

「は」

短い会話が交わされ、「失礼いたします」と篠がまたも丁重に頭を下げ退室する。

そのとき藤堂の耳にふと、夢に見た幼い日の篠の声が蘇った。

『強くなります……っ』

確かに彼も、そして自分も強くなった、と苦笑し、藤堂は手早く身支度を済ませると、篠に答えたとおり彼と竹刀を交えるべく、庭へと向かったのだった。

藤堂祐一郎は警視庁警備部警護課で、最も優秀であるとの呼び声も高いＳＰ——要人警護の任務についている警察官である。

本人の卓越した能力に加え、バックグラウンドがまた素晴らしいため、警察内で藤堂の名を知らぬ者はいないといわれていた。

藤堂家は旧財閥の末裔《まつえい》であり、今や日本を代表するグループ企業である。加えて藤堂の祖父はかつて入閣したこともある著名な政治家だった。

グループ企業の総帥の座には藤堂の父がついており、後継者は藤堂の弟と決まっている。企業の総帥の座を弟に譲ったことで、藤堂は祖父の地盤を継ぎ政治家になるのではないかと世間は見ていたが、藤堂自身にそのつもりはなかった。

世間だけでなく、祖父もまた藤堂に政治家となってほしいという希望を抱いていたが、要人警護の仕事に生き甲斐《がい》を感じていた彼がその希望を退けているうちに祖父は他界、藤堂に政治家への道を勧める者はいなくなった。それで藤堂はＳＰであり続けることができているのだった。

藤堂家には代々使用人として勤めている者が数多くいるが、先ほど藤堂の部屋を訪れた篠もまた、その一人だった。彼の祖父と父は、それぞれ藤堂の祖父と父の運転手を務め、祖母は藤堂家の乳母として、藤堂の父と叔父たち、そして藤堂と弟を育てた。篠の母は早世したため、今後藤堂かもしくは弟に子供ができた場合の乳母は他《ほか》の者になるはずだが、藤堂も弟も、今のところ乳母が必要となる予定は——結婚の予定はない。

篠の家の男子は、藤堂家の未来の当主に仕えることが代々決まっており、今、運転手を務める篠の父もまた藤堂の父と同い年で、幼少の頃から大学に至るまで同じ学校に進学、遊び相手から学友を経て運転手となった。

篠もまた藤堂と同い年だったので、物心つく前から藤堂の傍に控え、藤堂の遊び相手になったり、武道の稽古を共に積んだりと常に行動を同じくしていた。

藤堂家という太陽の光に照らされ、ひっそりと輝く月、それが篠家であると、藤堂は乳母から何かのときに聞いたことがある。その言葉どおり、常に篠は藤堂の傍にひっそりと控えていた。篠は藤堂と同じ学校に進学するだけでなく、藤堂がやろうとすることすべてに付き合い、自分からこれがやりたい、と主張することがなかった。

進路を決めねばならなくなるたびごとに藤堂は篠に対し、

「自分の進みたい道に進め」

と繰り返し勧めたが、そのたびに篠はにっこりと微笑み、こう答えるのだった。

「私の進みたい道は、祐一郎様の進む道です」

それ以外希望はないのだと言う彼に、無理をしている様子は見られなかったために、藤堂はそれ以上何も言うことができず、その結果篠も藤堂と同じくＳＰになる道を選ぶこととなったのだった。

常に影のように藤堂の傍にいる篠は、藤堂の日頃の世話を焼く、いわば執事兼秘書のような役目も担っていた。

食事の支度は他の使用人が担当しているが、食事の準備ができたことを伝えに来るのは篠だった。家の中で藤堂が希望することを彼が口にするより前に察知し、その準備を使用人たちに伝えるのも篠なら、藤堂の夜食のメニューを決めるのも篠、外出時の藤堂の洋服の準備をするのも彼だった。

加えて、朝稽古があれば付き合い、夜、チェスを嗜《たしな》むときにはその相手を務める。藤堂のすることはすべて篠もこなし、常に行動を共にする。二人が物理的に離れている時間はそれこそ就寝のみ、といってもよかった。

藤堂は剣道五段であったが、篠もまた同じ五段であるので、稽古の相手としてはうってつけだった。毎朝、三十分の稽古を日課とする藤堂が、いつものように庭に出向くと、すでに先ほど部屋に声をかけにきた篠が小雨の降る中控えており、藤堂に向かい恭しく竹刀を差し出してきた。

雨の中、藤堂が素振りを始めると、篠も合わせて竹刀を振る。十分ほど互いに素振りをしたあとに手合わせとなるのが通例なのだが、今朝《けさ》の藤堂はあまり稽古に気持ちが入っていなかった。

それでもしばらく竹刀を振り下ろしていたが、やがて雨が強くなってきたので藤堂は篠に、

「早目に上がろう」

と声をかけた。

「はい」

常に篠の口数は少ないのだが、今朝も彼は、予定より二十分も早く朝の稽古が切り上がったことに対する疑問を口にすることなく、短く答え、藤堂から竹刀を受け取った。

雨に濡《ぬ》れた髪を藤堂がかき上げ、かけていた眼鏡《めがね》を篠に渡されたタオルで拭《ぬぐ》う。と、篠が「失礼します」と声をかけ、自身の持っていたタオルで藤堂の髪を拭い始めた。

「自分でやる」

が、藤堂が短くそう言うと篠は「失礼しました」と手を引き、頭を下げた。

「お前は自分の髪を拭《ふ》け」

「は」

藤堂が命じ、篠が答える。髪を、胴着を拭う二人の姿はまさに、『画に描いたような』という表現がぴったりくる、それは端整なものだった。

藤堂の身長も百八十センチ近くあるが、篠は更に彼より数センチ高い。幼い頃からその際

立つ容貌《ようぼう》が評判であった藤堂は、美女とも見紛う美貌の持ち主なのだった。

母親似の女顔ではあるが、弱々しいイメージは微塵《みじん》もない。それは彼の瞳《ひとみ》が常に強い光に満ち、凛々《りり》しさを醸し出しているためだと思われた。

篠の顔立ちもまた酷《ひど》く整っていた。藤堂の髪や瞳がやや茶色がかっているのに対し、篠は漆黒の髪と瞳である。

だがその黒い瞳は大抵の場合伏せられており、形のいいその唇も藤堂に話しかけるとき以外には、滅多に開くことはなかった。

ぱっと目を惹《ひ》いてもおかしくない美丈夫でありながら彼が人の注目を集めないのは、自ら集めぬようにと心がけているためだと思われる。常に藤堂の『影』であるためには、目立つ必要などない。それを篠は実践しているのだった。

その後、二人は浴室で共に湯に浸《つ》かって身体を温め、湯から上がると二人連れ立ち食堂へと向かった。

稽古後の入浴も、そして日々の食事の席も、篠が藤堂に同行しているのは、藤堂の申し出によるものだった。

幼い頃、使用人の息子《むすこ》と未来の当主が食事や入浴を共にするなど滅相もない、と恐れ入る篠の父を藤堂は、その考えはおかしいと諭した。

『諒介は僕の使用人ではない』

主従関係にあるのはそれぞれの父であるという藤堂の主張が通り——因《ちな》みに藤堂がその主張をしたのはまだ小学生の頃だった——それ以降二人は、『主人と使用人』という壁を越え、稽古後は同じ湯船に浸かり、同じテーブルで食事をするようになったのだった。

朝食はすでに、食堂のテーブルの上に並んでいた。今、二人がいるのは藤堂専用の食堂であり他に家族の姿はない。藤堂の父と弟は、生活時間帯がほぼ被《かぶ》っているため二人はメインの大食堂で共に朝食をとる。藤堂のみ早朝六時半という早い時間に食事を済ませて家を出るため、彼の私室に近い部屋を専用の食堂とし、朝食はその部屋で篠と二人でとることが決まっていた。

「……いかがされました?」

食事の席で、めずらしく篠が藤堂に話しかけてくる。

「……いや……」

篠に問われ、自分がトーストを手にしたままぼんやりとしていたことに気づいた藤堂は、我に返ったあとに、なんでもない、と首を横に振った。

「……そうですか……」

篠はそれ以上追究してくることはなかったものの、心配そうにちらと藤堂を見やる。朝稽古は早々に切り上げるわ、食事中にぼんやりするわ、篠が不審がるのも無理はない、と藤堂は密《ひそ》かに溜《た》め息《いき》をついた。

いつになく藤堂が考え込んでいたのは、出勤してからのことだった。昨夜《ゆうべ》藤堂はある決断を下したのだが、その決断を今日当事者に伝える予定で、それで彼は今、心ここにあらずといった状態になっていたのだった。

自分の決断に不安を覚えているわけではない。なのに藤堂がどうしても逡《しゅんじゅん》巡せずにはいられないのは、その動機にあった。

動機――『チームのため』それが決断の動機であるはずなのに、心のどこかで『本当にそれだけか』と囁《ささや》く己の声がする。その声が藤堂の心をいつになく乱していたのだった。

まったく、藤堂家の長男にあるまじき迷いっぷりだ、と藤堂は手にしていたトーストを皿に置くと、ナプキンで口を拭い立ち上がった。

「祐一郎様」

「お前まで立つことはない」

合わせて立ち上がろうとした篠を制し、藤堂は一人食堂を出て自室へと戻った。

「祐一郎様」

立つなと告げたはずの篠が、藤堂のあとを追う。

「体調が悪いということはない。単に食欲がないだけだ。医師の必要もなければ、他に食したいものもない」

おそらく篠が口にするであろう言葉をすべて先回りして答えた藤堂が足を止め、尚もあとに続こうとする彼を見る。

「席に戻って、食事を続けるんだ」

「は」

藤堂が声を張ったのは、それが『命令』であると示したかったためだった。すぐに察した篠が深く頭を下げ、食卓へと戻っていく。

「…………」

自分に合わせて食事を中断することはない。藤堂が言いたかったのはそういうことであり、要は篠を気遣ったのだが、それ以上に篠もまた藤堂を気遣っているため、『命令』しない限り、再び食卓につくことはない。

互いに不器用なことだ、と思いながら藤堂は篠が食事を再開したことをちらと振り返って確かめると、食堂を一人あとにした。


朝七時半に藤堂と篠は、いつものように藤堂の車で警視庁へと向かった。運転手を務めるのは篠である。

その時間に家を出ると職場には八時前に到着する。チーム内で彼らより早く来る者はいなかったが、それは藤堂自身が、上司に気を遣うという理由のみで先に来る必要はないと、部下たちに直接言い渡したためだった。

警護課の中でも藤堂チームは精鋭中の精鋭と言われており、藤堂を始めとする構成員たちの全員が全員、SPとしての能力はトップクラスの者ばかりだった。

皆、頭脳、身体能力、それに射撃の腕も、警察学校でのそれぞれの期でトップファイブに入る。藤堂はそれぞれの能力や相性を鑑《かんが》み、常に二人組で業務に当たらせるという『バディ』制を導入し、彼らの高い能力を遺憾なく発揮させていた。

優秀なだけでなく藤堂の部下たちは、実に特徴的なタイプが揃《そろ》っていた。

まずは藤堂や篠と同期の百合香《ゆりかおる》、藤堂が唯一、警視庁の道場にて開催された剣道の試合で負けを喫したことがある男である。任務中に瀕死《ひんし》の重傷を負ったがつい先日無事に復帰した、実は藤堂が最も信頼を寄せる部下だった。

彼のバディは、唐沢悠真《からさわゆうま》という新人で、先頃着任したばかりである。実はこの唐沢の件で藤堂は今朝、密かに百合を呼び出していたのだった。

彼ら以外に藤堂チームにはもう一組バディがいるが、そちらもまたこの上なく特徴的な二人である。

今年二十七歳になった姫宮良太郎《ひめみやりょうたろう》は、祖父が人間国宝にもなったという梨園《りえん》の出であり、本人も才能溢《あふ》れる女形《おやま》であったという過去を持つ。彼のバディは星野一人《ほしのかずと》といい、年齢は二十九歳、ガタイのよさと腕力では右に出る者なしという猛者《もさ》なのだが、怪談話にはとびきり弱いという意外な一面を持っていた。

藤堂のバディは篠であり、藤堂チームは六人編成となっていた。ここぞというときの重要な警護を振り当てられることが多いのは、最も信頼に足るという評価を得ているのと同義である。ＳＰの中でも藤堂チームに憧れる人間は多く、是非チームに入れてほしいと藤堂に直訴してくる者もいるほどだった。

その『信頼』に応《こた》えるために、藤堂はある決意を固め、それを百合に告げようとしていた。百合はなんと答えるか——彼のリアクションを想像できず、密かに溜め息を漏らしたところで車は警視庁へと到着した。

入口で藤堂は車を降り、篠はそのまま車を停《と》めに駐車場に向かった。百合を呼び出したことを、実は藤堂は篠に告げていなかった。彼が車を駐車場に停める、その数分の間に藤堂は部屋で待っているだろう百合を外に呼び出そうとしていた。

「モーニン」

藤堂が部屋に入ると、果たして予測したとおり百合が来ており、眠そうな顔を向けながら片手を上げてみせた。

「服装がだらしなさすぎる」

ちらと彼を見返した藤堂が淡々とした口調で告げ、席に鞄《かばん》を置く。ノーネクタイの上、シヤツのボタンを三つも開けたままといった格好の百合が、欠伸《あくび》混じりに反論してきた。

「始業時までにはちゃんとするよ。それよりなんだ？　こんな朝っぱらから来いだなんて、何かあったのか？」

「ああ、ちょっとな」

言葉を濁す藤堂に、百合が眉《まゆ》を顰《ひそ》める。

「めずらしいな。どうした？」

「…………」

言いよどんだのを『めずらしい』と言われ、藤堂は改めて百合を見た。彼にとって自分は心の迷いなど少しもないと思われているのか、という考えが藤堂の頭に浮かぶ。

「どうした？」

再度百合が問いかけ、立ち上がって藤堂へと歩み寄ってきた。それに藤堂ははっと我に返ると、彼を呼び出した目的を遂行するべく口を開いた。

「話がある。屋上へ行こう」

「屋上？　ここじゃ駄目なのかよ」

途端に百合は呆《あき》れた声を上げたが、すぐに藤堂の『話』が人に聞かれたくないものだと気づいたらしく、

「わかった」

と頷《うなず》き、踵《きびす》を返すとドアへと向かっていった。藤堂が彼のあとに続く。それから二人は無言でエレベーターへと進み、それに乗り込んで屋上を目指した。

鉄製のドアを開き、百合が、続いて藤堂が屋上へと出る。周囲を見渡し、誰もいないことを確認してから、百合が口を開いた。

「で？　なんの話だ？」

上司である藤堂に百合が対等な口を利くのは、二人が警察学校の同期であるためだった。警察は殊更厳しい縦社会であり、階級も藤堂が上であるので、たとえ同期であっても敬語を使うのが常なのだが、百合も藤堂もごくごく自然に、警察学校で机を並べていた頃とまるで変わらぬ態度で付き合い続けているのだった。

「ああ……」

手摺《てす》りに凭《もた》れかかり、問いかけてきた百合を前に、藤堂は一瞬――ほんの一瞬だけ言いよどんで俯《うつむ》いたものの、すぐに顔を上げると百合を見据え口を開いた。

「お前のバディの――唐沢悠真のことだ」

「悠真の？」

途端に百合の眉間《みけん》に縦皺《たてじわ》が寄り、眼差《まなざ》しが厳しくなる。そういう表情をするということは、用件をある程度予測しているのだろうと藤堂もまた真っ直《ます》ぐに百合を見返した。暫しの沈黙ののち、百合が口を開く。

「悠真がなんだって？」

「……お前は彼の特殊能力に、勿論《もちろん》気づいているな？」

「え？」

藤堂の言葉に百合が戸惑いの声を上げる。彼の『予想』は外れだろうと読んでいた藤堂は、やはりな、と心の中で呟《つぶや》き、言葉を続けた。

「予知能力というのか……先々のことを予測できる力が彼には備わっていると、気づいていただろう？」

「気づいていたというか、本人から聞いたよ。俺は随分勘がいいなという認識しかなかった」

百合の答えを聞く藤堂の胸に、チクリと痛みが走る。

「……そうか。訓練所の教官が本人に確認した際には、自覚はないと答えたそうだが」

「予知能力といっても、常に発揮できるわけじゃないらしい。その上、『見える』のはほんの十数秒先の未来だから、人に話したことはないと言ってたよ」

藤堂の言葉を受け、百合がすらすらとそう告げる。何もかも唐沢から聞いているということか、と察した藤堂の胸はまた微かな痛みに疼《うず》いたが、あえてそれに気づかぬふりを決め込み、話を続けた。

「わかっているのなら話は早い。実は悠真のその能力を伸ばそうという計画がある」

「伸ばす？」

問い返してきた百合に藤堂は「ああ」と頷くと、彼のリアクションをまた予測しつつ、あえて早朝に呼び出した『用件』を告げ始めた。

「アメリカにそういった特殊能力の訓練を専門とする施設がある。その施設に悠真を留学させようと思っている」

「なんだって⁉」

途端に百合が『怒声』としか言いようのない大声を上げ、藤堂に摑《つか》みかかってくる。ある意味予想どおりのリアクションだ、と思いながら藤堂は、

「冗談じゃない」

と激昂《げっこう》する百合に対し、冷静に言葉を返した。

「そう、冗談ではない。悠真にとってもいい話だと私は思う」

「いい話なもんかよ。奴は今のままでいい。予知能力があるなんて世間に知れたら、興味本位で見る人間が出てくるだろうが」

百合が一気にまくし立て、「いいか？」と藤堂の肩を摑んで顔を覗き込んでくる。

「今、悠真は自分の特殊能力をそう意識していない。それを訓練なんて受けさせてみろ。自分が他の人間とは違うということを、嫌でも自覚しないわけにはいかなくなる。世間から興味本位で見られるのも可哀相《かわいそう》だし、自分が他の人間とは違うと思い知らせるのも可哀相じゃ

ないか。俺は反対だ」

「…………」

予想どおり――否、予想以上の反発を見せる百合を思わず藤堂はじっと見やってしまった。摑まれた肩が痛い。それだけ怒り心頭ということだろうと察する藤堂の胸はまたも痛みに疼いたが、今はそんな場合じゃない、とすぐに思考を切り替えると、百合の手を振り払い彼と距離をとった。それこそ自身を取り殺しそうな眼差しを向けてくる百合に向かい、藤堂が口を開く。

「お前の気持ちはわかる……が、もし悠真を研修に出さないとなると、今後彼は他のチームに転属させねばならなくなる」

「なんだと？」

再び怒声を張り上げた百合が、一歩を踏み出し、藤堂に摑みかかろうとする。それを藤堂はすっと身体を引いて避《よ》けると、あえて作った淡々とした声音で理由を告げた。

「今の悠真の能力では、私のチームに所属させておくことはできない。明らかに力不足だ」

「……っ」

藤堂の言葉を聞き、百合が、う、と言葉に詰まる。事実であるだけに反論はできまいと思いつつ、藤堂は駄目押しとばかりに言葉を続けた。

「我々は要人警護の中でも重要度の高い任務を命じられることが多い。成績優秀者ばかりを集めた、いわば精鋭中の精鋭といわれるチームだからな。射撃や運動能力は勿論、皆が皆、警護に必要なセンスを持ち合わせている。決して失敗は許されない——要人警護には失敗は当然許されないが、中でも完璧《かんぺき》を求められる我々のチームの一員として働く実力が今の悠真にはない」

「それは……」

百合が何かを言いかける。藤堂は彼が言いたいと思われることを先回りし、その口を塞《ふさ》いだ。

「悠真のバディであるお前が彼の分もカバーする、というのはナシだ。その分お前の注意力が散漫になる。そこに警護の穴が生まれる可能性は大いにある」

藤堂の目の前で百合がまた、う、と言葉に詰まる。やはり図星だったようだと藤堂は一人頷き、

「だが」

と話を戻した。

「彼が潜在的に持っている予知能力を常に発揮できるとなれば、話は別だ。彼は我がチームにとって誰にも代えがたい存在となる。自分は人と違うということを自覚させるのは可哀相だとさっきお前は言ったが、その『違い』は人の持ち得ない能力を持っているという、彼にとっては明らかなプラス面の『違い』だ。気に病む必要はないと……」

「お前にはわからないよ。藤堂」

説得を試み、熱く訴えかけていた藤堂の言葉を、百合が吐き捨てるような口調で遮る。

「何？」

「お前にとって『人と違う』ことは幼い頃から日常茶飯事だったかもしれないが、普通の人間にとっては、そうそうないことなんだよ。お前には悠真の気持ちはわからない。わかったようなことを言うのはやめてくれ！」

「別にわかったようなことを言ったつもりはない！」

怒りのあまり高くなった百合の声以上の大声を上げた藤堂を前に、百合がはっと我に返った顔になった。

「悪い。言葉が過ぎた」

頭を掻《か》きつつ謝罪してきた百合に対し、藤堂が「いや」と首を横に振る。暫しの沈黙が流れたが、その沈黙を破ったのは百合だった。

「……もし、悠真が自分の特殊能力を磨き仕事に役立てたいという希望を自ら抱いているのなら、俺も止めはしない。だが、彼を見る限り、そんなものに頼るのではなく、実力を磨いて俺たちについてこようとしている。俺はソッチに力を貸してやりたいんだ。俺が彼を藤堂チームに相応《ふさわ》しいＳＰに育て上げる。それでは駄目か？」

「…………」

切々と訴えかけてくる百合に対し、藤堂は答えるべき言葉を失っていた。

百合の申し出は、上司命令だ、の一言のもと、退けることはできた。これから『育て上げる』となると、即戦力は望めそうにない。それに、唐沢とて配属前には規定のＳＰの訓練を受けてきた。それであの実力なのだから、いくら扱《しご》いたとしても、今以上の能力を発揮できるかはわからない。

百合の申し出に対し『駄目だ』と答える、その理由はいくらでも思いついたが、藤堂がそれらを口にすることはなかった。

「……わかった。お前がそこまで言うのなら、少しの間様子を見よう」

不本意ではあったものの、藤堂が渋々頷いてみせたのは、彼が胸に抱えるある秘密のためだった。唐沢の留学を思いついた動機と取られるやもしれないその『秘密』が藤堂に、決定を先延ばしにするという実に彼らしくない行動をとらせたのだった。

「…………」

懇願していた当の本人である百合にとっても、藤堂の承諾は意外だったようで、一瞬驚いたように目を見開いたが、すぐに満面に笑みを浮かべると、

「ありがとう」

と藤堂の両肩を摑んだ。

「……礼を言われる覚えはない」

藤堂はその手を振り払い、先に立って屋内へと通じる扉へと向かい歩き始めた。

「大丈夫だ、悠真は俺が育ててみせる。見ててくれ」

百合はあとに続かず、藤堂の背にそう言葉をかけてくる。振り返り「期待している」というような言葉を笑顔と共にかけるべきだと藤堂自身も思ったし、百合もまたそれを待っているとわかっていたが、藤堂はそのまま足を進めた。

頬が引き攣《つ》り、笑うことができなかったためである。

彼の頬を引き攣らせていたのは、かねてから胸に抱き続けていたある想《おも》いのためだった。

決して人に、何より本人に悟られてはならないと、藤堂が自ら胸の奥深くに封印したその想いとは——百合への恋情だった。

2

藤堂が部屋に戻ると、すでに百合以外のメンバーは皆、席についていた。

「おはようございます、ボス」

「おはようございます」

口々に挨拶《あいさつ》の言葉を告げる姫宮と星野に藤堂も「おはよう」と返す。

「おはようございます」

「…………」

皆と共に声をかけてきた唐沢を藤堂は一瞬見つめた。

可愛らしい顔だ——小動物を思わせると、チームの皆にからかわれるのもわかる、栗鼠《りす》に似た雰囲気のある可憐《かれん》な顔だ。可愛いだけではなく、強い意志を秘めた眼差しの強さがまた、はっと人目を引く、実に魅力のある顔だ、と藤堂が見つめていると、唐沢は途端に不安そうな表情になり問いかけてきた。

「あの、何か……」

「いや、なんでもない」

それで我に返った藤堂は、微笑み彼にそう告げたあと、席についた。

「お打ち合わせでしたか」

背後から篠が藤堂に、控え目な口調で問いかける。

「ああ」

頷いた藤堂は、めずらしいな、と篠を振り返った。篠が自分の行動を詮索《せんさく》してきたことなど今までなかったためである。

が、続く篠の言葉を聞き、藤堂は、そういうわけか、と納得した。

「先ほど警備課長からお電話がありました。席に戻り次第、部屋に来るようにとのことです」

「わかった」

頷き、藤堂が立ち上がったとき、百合が部屋に入ってきた。

「モーニン」

いつもとまるで変わらない様子の百合を、藤堂がちらと見たのを、定時に間に合わなかったことへの非難の眼差しと取った姫宮が、慌てて彼に声をかける。

「かおるちゃん、遅刻よ。それにその服装、マズいわよ」

「姫はだんだん小姑《こじゅうと》じみてきたな」

百合のリアクションもまた、普段どおりである。それを横目で確認すると藤堂は、

「小姑って何よ。酷いじゃない⁉」

と口を尖《とが》らせる姫宮と、

「まあまあ」

と彼を宥《なだ》める星野の声を背に部屋を出、警護課長室へと向かった。

用件は唐沢の留学だろう、藤堂は当たりをつけていた。もともと『予知能力』という、小説や漫画の世界でこそポピュラーではあるものの、現実社会ではほとんど認められていない特殊な力を上層部に認めさせることは非常に困難だったのだが、それに一役買ってくれたのが藤堂の直属の上司である佐伯《さえき》という警護課長だった。

彼の説得で上層部もGOサインを出してくれたのだが、かなり無理を通したらしく、本件に関して逐一報告を求めてくる。いつから研修に出向くのか等、スケジュールの詳細を聞いてくるであろう上司に対し、あの話はやはり中止にしてほしいと言わねばならないのは気が重い、と、ともすれば漏れそうになる溜め息を堪《こら》え、藤堂は佐伯課長の部屋をノックした。

「ああ、藤堂君か。例の米国研修の件、日程は決まったか？」

予想どおりの問いをしてきた彼の前で、藤堂は深く頭を下げた。

「申し訳ありません。その件に関しては一旦《いったん》白紙に戻していただけないかと……」

「なんだって⁉」

途端に佐伯が声を張り上げ、藤堂に怒声を浴びせてくる。

「冗談じゃないよ、君。上層部に留学を認めさせるのに、どれだけ苦労したと思ってるんだ。それ相応の効果があると大見得を切った手前、今更白紙になどできるわけがないだろう」

「……大変申し訳ありません」

たとえ役職や階級が上の人間であっても、藤堂のバックグラウンドを知っている者は滅多なことでは彼に罵声《ばせい》を浴びせることなどしない。それがこうも怒鳴りつけてくるとは、上司の怒りが理性を超えるほど大きかったためだろう。そう察してはいるが、自分には謝罪することしかできない、と尚も深く頭を下げた藤堂に佐伯は怒声を張り上げ続けた。

「白紙に戻すなど言語道断だ。第一理由はなんだ？　唐沢悠真には特殊能力などなかったなどと言い出す気じゃないだろうな？」

「いえ、彼に予知能力があることは確かです」

「ならなんだ？　急に撤回した理由は？」

「それは……」

きつい語調で糾弾してくる佐伯に対し、藤堂はなんと答えれば彼を納得させることができるかを、必死で考え続けた。

チームメイトからの反対にあった、などと言えば、部下を掌握できないでどうする、と叱責されるだろうし、本人が望んでいないと嘘《うそ》を言えば、唐沢を呼び出し追究しかねない。だが、どうするか、と迷い口を閉ざした藤堂に対し、佐伯はそれほど『答え』を要求してはいなかったようで、

「ともかく！」

と声を張り上げ、藤堂への『命令』を口にした。

「唐沢悠真の留学についての詳細を今週中にまとめて報告するように！　いいな？」

「課長、ですから……」

唐沢の留学は中止したいのだ、と藤堂は続けようとしたが、佐伯は皆まで言わせなかった。

「話は以上だ。下がってよし」

「課長……」

藤堂が声をかけても、佐伯はぐるりと椅子《いす》を回して背を向けてしまい、聞く耳を持ってはくれなそうだった。

「失礼します」

ここは退散するしかないかと藤堂は諦《あきら》め、一礼して部屋を辞した。

「………」

閉めたドアに背を預けた藤堂の口から、思わず溜め息が漏れる。が、廊下の先に人影を認めすぐに身体を真っ直ぐに起こすと、自分のチームの部屋へと戻るべく、早足で歩き始めた。

この分では、留学話を白紙に戻すのには随分と苦労しそうだ、とまたも漏れそうになる溜め息を堪え、歩き続ける藤堂はだが、その『苦労』を人と分かち合うつもりはなかった。

その日、藤堂チームは内勤であったため、ほぼ定時で皆、上がりとなった。

「悠真、帰るぞ」

百合が唐沢に声をかけ、唐沢が「はい！」と元気よく答える。

「かおるちゃん、もしかしてご飯行くの？　ならあたしも付き合いたいな～」

「あ、俺も乗りたい！」

と、そこに姫宮と星野が二人に声をかけた。

「それなら水嶋《みずしま》さんの店にでも行くか？」

百合が二人に問いかけたあと、いいか？　というように唐沢を見る。唐沢が、少し残念そうな顔をしつつも、にこ、と笑い頷いた――ことに気づいたのは、問いかけた本人である百合だけではなかった。一連の様子を見るとはなしに見やっていた藤堂もまた、唐沢の表情の微妙な変化に気づいていた。

「ボスも行きませんか？　篠さんも」

ごつい外見に似合わず、気働きはチーム内一である星野が、他のチーム員たちがそのまま盛り上がって部屋を出ようとする中、振り返って藤堂と篠に尋ねてくる。

「残念ながら今夜は予定がある」

実際、予定などなかったものの、今夜はとても皆と飲んで騒ぐ気にはなれなかったため、藤堂が断ると、

「そうですか」

「残念です」

と、星野や皆は口々にそう言いはしたが、すぐに、

「それじゃ、お先に失礼します」

とあっさりとした引き際を見せ、予定とは何か、だの、それでも飲み会に行こうだのと誘ってくることはなかった。

また、断ったのは藤堂だけだというのに、彼らが篠を尚も『行こう』と誘うこともなかった。それは篠が百パーセント藤堂と行動を共にしているという認識が広まっているからであったが、その認識を今、藤堂自身が覆そうとしていた。

「篠、お前は行ってくるといい」

「は？」

唐突に篠を振り返り告げた藤堂の言葉を聞き、まず篠が驚きの声を上げ、続いて部屋を出かけていた皆が一斉に振り返った。

「用があるのは私のみだ。それにお前が付き合う必要はない」

「しかし……」

実は藤堂は今夜、一人になりたいと思っていた。頭を冷やし、唐沢の留学問題をいかにして白紙に戻すか、思索に耽《ふけ》りたいと考えていたのだった。

それゆえ篠に、皆と一緒に行くようにと勧めたのだが、篠も皆も当惑するばかりで、それなら、と話がまとまることはなかった。

「行くといい、と言っている」

それで藤堂は、少し強い語調でそう告げ、これが『命令』であると篠に知らしめた。篠は一瞬、はっとしたように目を見開いたものの、すぐに深く頭を下げると、

「わかりました」

と答え、視線を他の皆へと向けた。

「ご一緒してよろしいでしょうか」

「も、勿論」

「いいに決まってるじゃないの」

何事が起こっているのかと、訝《いぶか》しげに様子を見ていた星野と姫宮もまた、はっとした顔になった次の瞬間、作った笑顔で篠を誘う。

「たまには羽を伸ばすのもいいもんだぜ」

それでもなんとなくぎこちなさを残していた場の空気を一変させたのはおどけた百合の言葉だった。

「そのとおり。ゆっくり羽を伸ばしてこい」

その言葉に乗じ、藤堂もまた、笑顔で篠に声をかける。これで完全に場の雰囲気は、いつもどおりのものに戻った。

「それじゃ、お先に失礼します」

「失礼します」

皆が明るく挨拶の言葉を告げ、次々と部屋を出ていく。

「ああ、また明日」

藤堂もまた明るい声を返したが、皆が部屋を出た途端、彼は俯き、はあ、と深い溜め息をついた。

目を閉じた藤堂の脳裏に、最後に部屋を出た篠が、ちらと自分を振り返ったときの心配そうな表情が浮かぶ。

起床から就寝までの間、片時も離れたことがなかったせいか、幼少時から今に至るまで藤堂は篠に対し、今まで隠し事をしたことがなかった。唯一、百合への秘めた恋情のみ隠していたが、仕事のことでも家族のことでも、己の決定に何か迷いが生じると必ず藤堂は篠に相談した。

『相談』といっても篠が積極的に自分の意見を言うことはない。彼に話すことで己の考えを再構築し、それで解決策を導き出す、というパターンが多かった。

それでも決定に迷うときには、藤堂は篠に意見を求めた。求められれば篠は己の考えを述べる。彼の意見は藤堂に阿《おもね》るものではなく実に的確であり、藤堂を唸《うな》らせることも多かった。中立的な立場で、結果的によい方向へと向かうであろう道を示してくれる篠の意見を採用したことも一度や二度ではない。今回の唐沢の留学の件も篠に相談していたら、このような頭の痛いことになりはしなかっただろうに、と、またも溜め息をついている自分に気づき、なんと女々しい、と藤堂は激しく頭を振って立ち上がった。

手早くパソコンをシャットダウンし、机の引き出しへと仕舞って施錠する。情報漏洩《ろうえい》を防ぐため、パソコンや携帯電話などの電子機器を机上に出したまま長時間離席することは禁じられていた。帰宅時には勿論、机の引き出しに仕舞い施錠するよう義務づけられている。その義務をまっとうした藤堂は部屋の鍵《かぎ》をも閉め、一人警視庁をあとにしたのだった。

用事がある、と皆に言いはしたが、それは嘘であったため藤堂は自分で車を運転し、家へと戻ることにした。

途中、ファストフード店のドライブスルーへと立ち寄り、夕食を購入する。篠はそこまで詮索すまいとは思いながらも、家で夕食をとったことが知れれば、自分が嘘をついたと見抜かれてしまうためだった。

近くの路上パーキングで購入したハンバーガーを食べながら藤堂は、一体何をやっているんだか、と自嘲《じちょう》した。一人で行動することが今までほとんどなかった藤堂にとって、夕食をとるため単独でレストランに入るというのは、なかなかにハードルの高い行為だった。別に一人で店に入れない、というほどではないのだが、選択できるのであればこうしてファストフード店のテイクアウトのほうを選ぶ。

部屋で食べれば誰の目に触れるかわからないため、車中で食べていたのだが、ふと我に返ると、自分がいかに馬鹿馬鹿しいことをしているか思い知らされ、自己嫌悪にすら陥りかけていた藤堂だったが、それでも食事を終えるとそのゴミを持ち帰ることなく近くの公園のゴミ箱に捨てるという、自分が一人で食事をしたことを悟られない周到さは発揮した。

帰宅後、藤堂は出迎えた使用人に食事は済ませてきたことと、篠の分の夕食もいらないと告げたが、すでにその連絡は——藤堂も篠も夕食は外で済ませるという連絡は、篠より入っていたとのことだった。

「祐一郎様もお帰りは遅いということでしたので、お出迎えに遅れまして大変申し訳ありませんでした」

その上篠は、『予定がある』という言葉から藤堂の帰宅も遅くなると連絡を入れていたことがわかり、いつもながら漏れがない、と藤堂は内心舌を巻いた。

「用事が早く済んだのだ」

「他にご用は」

尚も声をかけてくる彼女に藤堂は「特にない」と答え、自室へと向かった。

部屋に入った途端、ソファに身を投げ出すようにして座り、はあ、と溜め息をついて天井を見上げる。何かと世話を焼こうとする使用人に苛《いら》ついたせいだが、それも日頃は自分の世話の一切を篠が焼いてくれているせいだと思い直した。

篠は藤堂が何も言わずとも、先の先を読み行動する。過ぎたるは及ばざるがごとし、という言葉があるが、篠の為すことはすべて『過ぎたる』でも『及ばざる』でもなかった。藤堂自身を熟知しているがゆえだろう。篠の行動に対し藤堂が苛立ちを覚えたことは一度もなかった。

長い年月、常に傍にいたとはいえ、そうそうできることではない。改めて感謝の念を抱きはしたが、同時になぜか更なる苛立ちをも覚え、藤堂は思考を打ち切ると、酒でも飲むか、とソファから立ち上がった。

藤堂の部屋の奥には、彼が酒を飲みたいときに飲むことができるよう、ミニバーが設置されている。藤堂が向かったのはそのミニバーだった。常備されているのは藤堂が好んで飲む酒ばかりなのだが、その中でも一番のお気に入りであるウイスキーを手に取り、ソファへと戻る。

続いてグラスと氷もバーから運ぶと彼は一人飲み始めた。ミニバーはあったが、藤堂が家で飲むことは滅多にない。たまに篠を相手に飲むことはあったが、それも外で飲んできたあとに、飲み足らずに二人でグラスを重ねるといった場合のみだった。

藤堂は人をして『ザル』と言わしめるほどの酒豪であったし、彼自身、酒は嫌いではなかった。

それでも家で飲まなかったのは、単に翌日の仕事を慮《おもんぱか》っていたに過ぎない。勿論明日も通常どおりの業務が待っていたが、それでも今夜は飲まずにはいられない、と藤堂はグラスに氷を入れるとウイスキーを注ぎそれを一気に呷《あお》った。

アルコールが喉《のど》を下るときに熱さを感じ、咽せそうになった。原液でなど飲むからだ、と反省したはずなのに、空になったグラスに再び藤堂はウイスキーを注ぐと、水も入れずにまたも一気に飲み干した。

酔っぱらいたい、そんな気分だった。すべての思考をシャットアウトするには酔うしかない——普段の藤堂であれば、酒に逃れるなど情けない、と自分を律しただろうが、今夜はどうにも飲まずにはいられない、そんな思いに陥ってしまっていた。

理由は考えるまでもなく、唐沢の留学問題だった。とはいえ藤堂が上司からの叱責を気にしたというわけではない。彼の頭を占めていたのは、今朝呼び出した百合とのやりとりだった。

『お前にはわからないよ』

吐き捨てるように告げられた百合の言葉が、ぐるぐると藤堂の頭の中で巡っている。

確かに——確かに自分は、生まれたときから人とは違うように育てられてきた。藤堂家の長男であるゆえ、いたしかたないことだと随分早い段階で藤堂はそれを受け入れていた。藤堂だけでなく周囲も皆、藤堂家の長男に生まれたのだからそれなりの義務を持つことになると納得していたのだが、警察学校で机を並べた百合だけが、

『その考え方はおかしい』

と指摘してきたのだった。

『藤堂家は名家だから、これまで何十年、何百年と積み上げてきた歴史があるんだろう。でも、だからといってお前がその歴史を踏襲する必要はあるんだろうか。時代は日々移り変わっている。歴史を大切に思うことは、それこそ『大切』だとは思うが、そのためにやりたいことを我慢するというのは間違っていると思う』

なんでそんな話題になったのかは忘れてしまったが、百合が熱く訴えかけてきた、その言葉は藤堂の心に深く刺さった。

物心つく前から藤堂の周囲には人が多く集っていた。が、その大半は自分が藤堂家の人間だからという理由であろうと、幼い頃から利発であった藤堂はそう読んでいた。

自分を取り巻く人間が皆、何かしらの益を求めて擦り寄っている、とまでは考えていなか

ったが、誰にとっても自分は『藤堂家の人間』であり、一個人として見てくれる人間はいないと思っていた。

だがそのことは藤堂を落ち込ませはしなかった。それは藤堂自身も自分が『藤堂家の人間』であることにアイデンティティーを見出していたためであるが、百合だけは藤堂のバックグラウンドには目もくれず、一個人として藤堂と向かい合ってくれた。だからこそ藤堂に、家の歴史を守ることよりも、自身がやりたいことを貫くべきだと訴えかけてきたのだと思われるが、今までにない体験に藤堂はまず戸惑い、次にこの上ない嬉《うれ》しさを覚えた。

藤堂がSPとなることを選んだのは、幼い頃のある体験がきっかけとなっていた。自分の地盤を継いでほしいと祖父は反対したものの、最後に祖父が折れたのは、将来的に継いでくれればいいと考えたためのようだった。

藤堂家にとっての祖父は絶対的存在であったので、藤堂は反発を覚えながらも、警視庁に無事入れはしたが、結局は数年でSPを辞め、祖父の望むとおり政治家に転身することになるのだろうと諦めていた。

が、百合と出会い、彼から自分のやりたいことをやれ、と激励されてから、藤堂の考えは変わった。要人警護は自分の選んだ道だ。この道をまっとうしよう、と心を決めたのである。

自分の人生に強く影響を与えてくれた百合との出会いを藤堂は喜ばしく思っていた。百合は生まれて初めてできた『親友』であり、生涯を通して彼との友情を育んでいきたいと藤堂は心から望み、百合もまた自身と同じ気持ちを抱いてくれているに違いないという確信も得ていた。

社会に出てからは、真の友を得がたいというのが通説である。利害関係のない学生時代とは違うといわれていたが、藤堂にとって百合はまさに、誰にも代えがたい『親友』だった

——はずだった。

最初に藤堂が、百合に対して抱いている気持ちを『友情』ではないと気づいたのは、彼が自分の部下となり、吉永《よしなが》というやはり同期の男とバディを組んだときだった。

『バディ』という、常に決まった相手とペアを組み行動を共にするという制度は、藤堂自身が自分のチームに導入したものである。

要人警護の仕事では、決してミスは許されない。そのためにはまずチームワークを固めることが大切だと考えた藤堂は、全員が一丸となるのは困難であるが、マンツーマンであれば、それこそ『あうん』の呼吸が測れる程度に心を通じ合わせることができると考え、二人一組のバディ制を導入した。

百合と吉永は、警察学校時代から仲がよかったが、バディとなってからは殊更に親しくなったように藤堂の目には映っていた。

心を通わせる二人を見る藤堂の胸に痛みが走った、その痛みが『嫉妬《しっと》』であると気づいたとき、藤堂は百合への恋心を自覚したのだった。

はじめ藤堂は動揺した。これまで彼は同性を恋愛の対象として考えたことがなかった。だが、ふと我に返り、異性に対しても『恋』をしたことがないと気づいたとき、自分の性的指向は同性に向いていたのか、と悩みもした。

藤堂自身、リベラルな思考の持ち主であったので、ゲイに対する偏見はなかった。が、それは自分の恋心を百合に打ち明ける勇気があるのとは同義ではなく、藤堂は自身の想いが百合ばかりでなく、他の誰にも気づかれぬようこっそりと胸の中に封印したのだった。

その一番の理由は、百合に知れた場合彼との友情を失うことになるのではと案じたことだった。

百合に確かめたことはないが、彼がゲイであるとは藤堂には思えなかった。バディである吉永と非常に親しくはしていても、そこに恋愛感情はないようだと藤堂は見ていた。

人に対する思いやりを常に忘れない百合の性格を思うと、自分が『好きだ』と告白した場合、たとえ本心では気味が悪いと思っていようとも、傷つけるような断り方はすまいとわかってはいたが、その思いやりゆえ、自分と距離を置こうとするだろうと推察もできた。想いが受け入れられる可能性がどれほどあるかはわからない。が、打ち明けた場合に友情を失う確率はほぼ十割。そう考えた藤堂は恋心を封印し、これまでどおり『親友』でいようと心を決めたのだった。

実際、リスクを考えた、というよりは、勇気が出なかっただけだが、と、ウイスキーを呷りながら藤堂が苦笑する。ほぼ原液といっていいウイスキーをすでに藤堂は四、五杯呷っていた。

『ザル』と言われることの多い彼は、この程度の量では酩酊《めいてい》には至らない。だが、強くはあったが、こんな乱暴な飲み方をすることは滅多になかった。

飲まずにはいられない――そんな自分に対し、酒に逃げるとは情けないという自己嫌悪の念を抱きながらも、それでもやはり藤堂は飲まずにはいられないでいた。

『お前にはわからないよ』

百合の言葉が頭の中で巡り、眉間に縦皺を寄せた彼の端整な顔が閉じた瞼《まぶた》の裏に浮かんでくる。

吉永との間には『友情』以上の感情はなかったであろう百合だが、新しいバディである新人の唐沢に対しては、他の同僚に対するのとは違う想いを抱いていると、藤堂はすぐに気づいた。

百合はともかく、唐沢は実に素直といおうか、思っていることがすべて顔に出るため、藤堂にもすぐ二人が付き合っていることがわかった。

おそらく性的関係も結んでいるに違いない、と、新たにグラスに注いだウイスキーを呷りながら、藤堂は唐沢の、可愛くも綺麗な顔を思い起こした。

百合がゲイであることに驚きを覚えたが、彼が選んだのが『あの』唐沢だったとは――またグラスに酒を注ぎ、一気に呷った藤堂の口から、深い溜め息が漏れる。

唐沢を自分のチームに入れたいと、上層部に対し強引にねじ込んだのは、何を隠そう藤堂自身だった。彼に直接指導をした教官たちは、他のチーム員との実力の差がありすぎると反対したが、それでも、と藤堂は押し切ったのだった。

その理由は、唐沢が藤堂にとって『特別な』人間だったためだが、まさか自分が無理を通した結果、百合と唐沢が出会い、愛し合うようになったとは、とまたも藤堂が一気にグラスの酒を呷ったそのとき、ドアが遠慮がちにノックされる音が響いた。

「なんだ」

声をかけた藤堂は、己の声がやたらと大きく、かつ呂律《ろれつ》も回っていないことから、自分が酷く酔っているという自覚を初めて持った。

誰だ、と彼がドアの向こうの相手に問いかけなかったのは、藤堂の私室をノックする人間がほぼ一人しかいないためだった。カチャ、とドアが開き、藤堂が予想したとおりの男が――篠が部屋に入ってくる。

「ただいま戻りました」

「早かったじゃないか」

藤堂がちらと部屋の時計を見やったあと、篠にそう告げる。時計の針は午後八時半を回ったあたりだった。皆で飲んでいたのに、こうも早い時間に解散となるわけがないと思い問いかけた藤堂に対し、篠が彼を驚かせる言葉を口にする。

「実は百合様に、帰宅したほうがいいのではとご忠告を受けまして」

「百合が?」

今の今まで頭に思い浮かべていた男の名が唐突に出たことに、藤堂はらしくなく動揺し、高い声を上げた。が、すぐにはっと我に返ると、それを取り繕うように咳払《せきばら》いし、篠に改めて問いかけた。

「百合が何を言ったと?」

「はい……」

『忠告』の内容を問うた藤堂に対し、篠が一瞬口籠《くちごも》る。

「何を言ったのかと聞いているんだ!」

苛立ちから藤堂の声が再び高くなる。普段の藤堂は実に沈着冷静であるため、多少篠の返答が遅れたくらいでこうも声を荒立てたりしない。が、今夜彼は酔っていた。加えて話題が百合のことであったため、いつにない行動をとってしまったのだった。

「大変失礼いたしました」

篠が藤堂のところまで歩み寄り、深く頭を下げる。彼はすぐに顔を上げると、藤堂の求める『答え』を述べ始めた。

「百合様は祐一郎様を心配され、おそらく帰宅しているであろうから私に話し相手になってやってほしいと……」

「馬鹿な！」

皆まで聞かぬうちに藤堂の口から、またも大声が発せられた。

「申し訳ありません」

篠が再び深く頭を下げる。

「お前のことではない」

篠の謝罪に藤堂は我に返ると、そう言い、彼に頭を上げさせた。

「は」

「……飲むか？」

俯く篠に対し、藤堂が自分のグラスを差し出してみせる。

藤堂が篠を誘ったのは、実際自分が百合の言うとおり家にいる、その説明をするためだった。なぜ皆の誘いを『予定がある』と断ったのか、言い訳をせねばと思ったのである。

「お付き合いいたします」

篠が丁重に礼をし、グラスを取りにサイドボードへと向かう。グラスを手に戻ってきた彼は、藤堂の向かいのソファに座りかけたが、すでに氷がないことに気づくと「失礼いたします」と氷入れを手に、部屋の隅にある冷蔵庫へと向かった。

氷を入れ、冷蔵庫からチーズを取り出すと、常備してある皿に手早く盛りつけ、再びソファへと戻ってくる。

座ると同時に氷をまず藤堂のグラスに、続いて自分のグラスに入れ、ウイスキーをそれぞれに注いだ篠は、ちら、と藤堂を見やった。

「なんだ」

「ロックでよろしいでしょうか」

篠が問いかけてきたのは、自分がすでに酩酊の状態にあると見たためだろうと藤堂は察した。呂律も回っていないし、今目を上げたときに一瞬、くら、と眩暈《めまい》も覚えた。確かに酷く酔っている自覚はあったものの、藤堂は「ああ」と頷き、篠がウイスキーを注いだグラスを彼から奪うようにして手に取った。

「いただきます」

篠は一瞬何か言いたそうな顔をしたが、彼もまたすぐにグラスを手に取ると、藤堂に向かい恭しげに捧《ささ》げてみせた。

藤堂がそのグラスに自分のグラスを軽くぶつけ、ウイスキーを一気に呷る。篠はまた何か言いかけたが、結局は今回も何も言わず、同じく自身のグラスの酒を飲み干すと、藤堂と自分のグラスにウイスキーを注いだ。

藤堂がグラスを手に取り、口へと運びかけたとき、また一気に飲み干そうとしているのを察したのだろう、篠が声をかけてきた。

「祐一郎様、お夕食はお済みですか？」

「……ああ。食べた」

グラスを下ろし答えた藤堂に、篠が問いを重ねる。

「どちらで召し上がりましたか？」

「ファストフードだ。家で食べればお前に嘘をついたことを気づかれると思ったからな」

予定が変更になったなどと『嘘』を突き通すこともできたが、実際篠を前にすると真実を語らねば、という気持ちになった。物心ついたときから常に傍にいる彼には、嘘などついてもすぐ見抜かれると思ったせいもあるし、そんな彼に対しては嘘をつきたくないという思いもあった。

それで正直に告げた藤堂に篠は、

「そうですか」

と言ったあとに、言葉を探すような感じで一旦口を閉ざした。藤堂もまた口を閉ざし、暫しの沈黙が二人の間に流れる。

「……百合は他に、何か言っていたか？」

沈黙を破ったのは藤堂だった。問うた途端、篠を酒に誘ったのは嘘をついた言い訳をするためではなく、これを聞きたかったのだ、と自覚した藤堂の口から、溜め息が漏れかける。

一瞬早く気づいた藤堂が唇を噛《か》み、つきかけた溜め息を呑《の》み込んだとき、篠がようやく口を開いた。

「詳しい事情はお話しいただけませんでしたが、今朝、祐一郎様と少々やり合った際、心にもないことを言い、祐一郎様を傷つけてしまったのではないかと、それを心配されていました」

「私が傷ついたから、嘘をついて飲み会に参加しなかったと、百合はそう思っているということか？」

ここで藤堂が口を挟んだのは、百合が告げたという言葉に胸を抉《えぐ》られたような気がしたためだった。

抉られた胸の底が熱く滾《たぎ》り、目の奥に涙が込み上げてくる。決して人前では泣かない、それを信条としている藤堂はその涙を抑え込もうとし、篠の言葉を遮ったのだった。

「いえ、そういった様子はございませんでした」

篠が即答し、首を横に振ってみせる。淡々とした口調が彼の言葉に現実味《リアリティ》を与えていたが、実際のところは、百合も、そして篠本人も、最初から自分の『嘘』を見抜いていたのだろう、と藤堂は思い、一旦は下ろしたグラスを口元へと運んで一気に中身を飲み干した。

篠もまたグラスを手に取りウイスキーを飲み干すと、二人のグラスに氷を、続いてウイスキーを注ぐ。

その様子を前にする藤堂の胸はなぜかますます熱く滾り、またも涙が込み上げてきた。

「百合と何を争ったか、興味があるか？」

涙を誤魔化《ごまか》すため、藤堂はグラスを手に取るとわざとふざけた口調で篠に声をかけた。

「…………」

篠は、また一瞬、どうするか、と迷った様子で口を閉ざしたが、すぐにゆっくりと首を縦に振り、

「教えていただけるのなら」

お願いいたします、と藤堂を見つめた。

興味がまったくない、ということはあるまいが、篠が『聞きたい』という意味の言葉を返した理由を藤堂は、自分への気遣いと見越していた。要は篠が聞きたいというより、話したいと思っている自分に彼は、話す大義名分を与えてくれたのだとわかりながらも、藤堂は篠の気遣いに甘え、今まで篠に隠していた一連の出来事を話し始めた。

「悠真のことだ。彼には予知能力が備わっている。気づいていたか？」

「いえ」

篠は驚いたように目を見開いたが、すぐに何かに思い当たった顔になると、なるほど、と感心している様子で言葉を続けた。

「そういえば訓練での成績も、テロリストに要人が襲われたなどの実戦をシミュレートしたものは飛び抜けてよかったですね。他の成績優秀者が予測不能であった攻撃を、彼だけが予

測し防御していました。予知能力があるからだったのですね」

「よく覚えていたな」

思わず感心した藤堂に、

「恐れ入ります」

と篠が慎み深く答え、俯く。そもそも藤堂が唐沢の特殊能力に気づいたのも、その成績に基づいてのものだった。さすがだ、と更に感心しつつも藤堂は、話を先に進めた。

「彼自身、自分の予知能力には気づいているそうだ。だが、見えるのはほんの十数秒後の未来であり、しかも常に見えるわけでもないため、そう役には立たないと思っているらしい。だが今は十数秒先しか見えずとも、訓練次第でその能力を伸ばすことができるのではないかと私は考えたのだ。予知能力は、誰もが身につけようと思って身につけられるものではない、素晴らしい能力だ。我々ＳＰの仕事にとってもプラスになる。悠真本人にとってもプラスだと思ったのだが……」

次第に口調が熱くなってきた藤堂だが、ここでふと言葉を止めたのは、彼の脳裏に百合の顔が浮かんだからだった。

『世間から興味本位で見られるのも可哀相だし、自分が他の人間とは違うと思い知らせるのも可哀相じゃないか。俺は反対だ』

実際、世間に唐沢の能力が知れれば、百合の言うように興味本位の視線を向けられることもあるだろう。加えて、予知能力は未知なものであるだけに、たとえ訓練を積んだとしても発達しない可能性は充分ある。

好奇の目で見られたり、また、いらぬプレッシャーを与えられたり、そういったマイナス面も確かにあるが、それでもそうした特殊な能力を持っているのなら、その能力を高めようと思うべきではないかと藤堂は考え、唐沢の米国留学の話を進めたのだった。

もしも自分にその能力が欠片《かけら》ほどでもあったとしたら、喜んで米国に行くだろう。だが他の人間はどう考えるのだろうか——百合のように『可哀相』と思うのか、と藤堂は目の前でじっと自分の話を聞いていた篠に向かい問いかけた。

「お前はどう思う？」

「は」

篠は返事をしたものの、何を『どう』思うのかと考えている様子だった。確かにわかるまい、と察した藤堂が言葉を足す。

「悠真を留学させることに、お前は賛成か？　それとも反対か？」

「……そうですね……」

藤堂の問いかけを聞き、篠は考える素振りをしたあと、少し小首を傾《かし》げるようにして逆に藤堂に問いかけてきた。

「唐沢様ご本人のご希望はどちらなのでしょう。ご自身の能力を伸ばしたいと考えているのか、それともこのままがいいと思っているのか……」

「……っ」

篠の言葉を聞いた途端、藤堂はガンと頭を強く殴られたような錯覚を覚え、絶句した。

「祐一郎様?」

頭を抱えるような仕草をしたからだろう、篠がはっとした様子で立ち上がり、藤堂に駆け寄ってくる。

「どうなさいました」

「……なんでもない」

大丈夫ですか、と問うてくる篠を押しやり、藤堂はテーブルに置いてあったグラスを掴むと中身を一気に飲み干した。

「祐一郎様、そのくらいになさったほうが……」

遠慮がちにそう切り出す篠を無視し、ボトルを手に取りウイスキーをグラスに注ぐ。

「祐一郎様」

「うるさい」

止めようとする篠の手を振り払い、藤堂は一気にグラスを空けるとまたボトルを掴んだ。

「祐一郎様……」

一度制止を拒絶したせいか、篠が再び藤堂を止めることはなかった。だが物言いたげな目でじっと見つめられるのは、制止されるよりも藤堂の神経に障り、堪らず篠に向かい叫んでしまっていた。

「もういい！　下がれ！　一人にしてくれ！」

「…………はい……」

篠にとって藤堂の命令は絶対である。それがわかっているだけに藤堂は常に篠に話しかける際、決して命令には聞こえないようにという配慮を忘れなかった。

主従関係にあるのは互いの親であり、自分たちには上下関係などないのだ、と、藤堂がいくら篠に言い聞かせても、表面上は納得した顔をすることはあっても篠の根本はまるで変わらなかった。

篠家は何代にもわたり藤堂家に仕えてきたという歴史がある。脈々と流れるその歴史が篠をして藤堂を『主《あるじ》』と思わしめているとわかるだけに、藤堂は説得を諦め自身が気をつけることにしたのだった。

その配慮を忘れてしまうほど、今、藤堂は動揺していた。篠が立ち上がり、部屋を出ていく。ドアを閉めるときに彼が心配そうな視線を向けてきたことがわかったが、それでも藤堂は彼に言葉をかけることなく、ウイスキーを呷り続けた。

藤堂がこうも動揺したその理由は、篠に己の胸の内を見透かされたのではないかと思ったためだった。

篠の言ったとおり、唐沢を留学させるか否かは、真っ先に本人の希望を聞くべきだろう。だがそれを藤堂は省き、一人で話を進めた。

今朝、百合を呼び出したのも、唐沢のバディである彼に対し、事前に了解をとるためというよりは、決定事項として知らせるためだった。思わぬ反対にあい、話を白紙に戻すことにはなったが、もし百合の反対がなければ藤堂は『上司命令』として唐沢に米国への留学を承諾させるつもりだった。

なぜ、唐沢の希望を聞かなかったのか——その答えは一つ。聞けば唐沢が希望しないことがわかっていたからである。

唐沢は自身の能力を隠している。それは百合の言う『好奇の目で見られる』という理由ではなく、その能力に対する自己評価が低いためだと思われた。

もし唐沢に、その能力を伸ばしてみないかと持ちかけても、『無理だと思う』と断わられる可能性が高いと藤堂は見ていた。それゆえ本人には知らせずに、留学話を進めていたわけだが、唐沢自身がまったく望まぬ留学を強いてまで行かせようとした、その真の理由に今、篠が気づいたのではないかと思い、藤堂は酷く動揺した挙げ句、彼に罵声を浴びせてしまったのだった。

表向きの理由は、先ほど篠に対して述べたとおり、唐沢本人にとっても、そして警護課にとってもプラスになるというものだった。が、その裏には、唐沢を百合から引き離したいという藤堂の嫉妬が隠れていた。

「……うるさい……」

己の胸に抱く嫉妬心から藤堂は目を背け続け、すべて唐沢のため、警察のためと自身に言い聞かせてきた。だが己の心をいつまでも偽り続けることはできなかった。

自分の心の醜さにどうしようもない嫌悪を覚えていた藤堂だったが、今、その醜さを篠に見透かされたのではないかと思ったときには、彼を怒鳴りつけ、遠ざけずにはいられなかった。

次々とグラスに酒を注ぎ、一気に呷るうちに、その酒に咽せ、咳《せ》き込んでしまう。そうまでして酒を飲むのは、今日の出来事すべてを忘れたいという、切なる望みのためだった。

たとえ一晩『忘れた』としても、明日には思い出さざるを得なくなる。それがわかっていても尚、藤堂は酒を飲み続けた。

逃避だとわかっているのに酒を飲む、そんな自身に対し情けなさを覚えていたが、それでも酒に手が伸びる自分を律することは、今の藤堂にはできなかった。

酒豪の名を恣《ほしいまま》にしてきた藤堂だが、さすがにボトルをほぼ一人で空けきった頃には、意識も朦朧《もうろう》となり、ソファに倒れ込んだ。

「う……」

そのまま眠り込みそうになっていた藤堂の耳に、カチャ、とドアが開く音が遠く響いた。

誰だ、と目を開けようとしたが、すでに身体は言うことをきかなかった。瞼が重くて目を開けることができないでいたものの、室内に誰かが入ってきて自分の寝るソファへと近づいてくる気配は感じていた。

やがてその人物が藤堂の前に立ったかと思うと、腕を掴んで身体を起こさせ、そのまま藤堂を抱き上げた。

「……ん……」

腕を摑まれた瞬間、藤堂は、ああ、篠か、と察した。自分の部屋に入ってくるのは彼以外ないが、酔いが理解を遅らせていたようだと、ともすれば遠退《とおの》きそうになる意識の中でぼんやりそんなことを考える。

篠――と思われる人物は藤堂を抱いたまま部屋を突っ切っていった。ドアを開ける気配がしたことで藤堂は、彼が自分を寝室へと運んでくれているのだと理解したのだが、果たしてその後間もなく藤堂は、そっとベッドの上に下ろされた。

起きて礼を言おうとしたが、瞼が上がらなかった。と、そのとき唇に温かい感触を得た気がし、藤堂ははっとして起き上がろうとした――が、やはり身体は動かなかった。

その後すぐに、藤堂を寝室に運んだ男が部屋から出ていく気配がし、ドアが閉まる音が響いた。その瞬間藤堂の目は開き、彼は慌てて身体を起こすと、暗闇《くらやみ》の中、ドアと思《おぼ》しき方向をじっと見つめた。

今、自分の唇に触れたのは間違いなく人の——篠の唇だった、と思う。

信じがたいがそれしかない、と思いながら呆然とその場に座り込む藤堂の頭には、瞳を伏せていることの多い篠の端整な顔が浮かんでいた。

果たしてこれは現実なのか、泥酔したせいで夢でも見たのではないか。触れたのは唇とは限らないのでは？　ただの気のせいだったということはないのか——。

頭の中を様々な考えが巡り、そのせいで眩暈を覚えた藤堂はどさりと再びベッドに身体を預けた。

「……そんな……」

馬鹿な、と呟く唇に、先ほどの感触が蘇る。思わず指先で自身の唇に触れた藤堂の頭の中ではそのとき、幻の篠が伏せていた目を上げ、物言いたげな視線を彼へと向けていた。

3

翌朝、藤堂はこれまで一度として休んだことのない朝稽古を休んだ。

「おはようございます」

いつもの時間に部屋を訪れた篠に対し藤堂は、今日は体調が悪いと告げ、朝食もいらないと続けた。

「お薬をお持ちしましょうか」

心配そうに問いかけてくる篠に、今までと変わった様子はない。だがそれでも藤堂は、じっと自分を見つめる彼と視線を合わせていることができず、すっと目を逸《そ》らせると、

「大丈夫だ」

とだけ告げ、彼に退室を促した。

「失礼いたします」

丁寧に頭を下げ、部屋を辞そうとする篠を、藤堂が呼び止めたのは、昨夜の確認をとりた

いがためだった。

「諒介」

「はい」

再びドアを大きく開き、篠が一歩部屋に入ってくる。

「いや……」

どこからどう見ても『いつもどおり』である彼を前にしては、藤堂も問いようがなく、かといって呼び止めて『なんでもない』と言うのもないだろうと思ったため、

「お前は朝食をとるように」

と告げると、もう行ってよし、と頷いた。

「お気遣い、ありがとうございます」

篠が微笑み、またも丁重に頭を下げたあとにドアを閉める。彼の姿が視界から消えたと同時に藤堂の口からは深い溜め息が漏れていた。

『昨夜私の唇に触れなかったか』

問うべきはその言葉であったが、実際口にするのは躊躇《ためら》われる、と藤堂はまたも溜め息をつきかけ、自分の指先がいつの間にか唇をなぞっていたことに気づき、なんたることだ、とぎゅっと手を握り込んで拳《こぶし》を作った。

やはりあれは夢だったのだろうか。それが一番あり得そうではあるものの、やはり現実だ

ったとしか思えない。

現実となると、なぜ篠は自分の唇に唇を重ねたのかという疑問が生じるが、その答えは篠本人に聞かない限り得られることはないだろうと、藤堂はまた溜め息をついた。

自身も堅物であるという自覚はあったが、篠はその上を行くと藤堂は見ていた。戯れにキスをするような男ではないはずなのである。

キス――唇に唇を重ねることはすなわち『キス』であると、自分の思考から改めて気づいた藤堂はなんだか愕然《がくぜん》としてしまい、その場で固まった。

あれは確かにキスだった。しかしなぜ篠が自分にキスをするのか、藤堂にはまるで理解できなかった。

先ほども思ったばかりだが、篠は悪戯《いたずら》でキスをするような性格ではない。キスどころか、悪戯自体、するとは思えないのだが、そうなるとあのキスにはどのような意味があったのだろう、と藤堂は考え――。

「……まさか……」

唯一とも言っていい可能性に行き当たり、更に愕然としてしまったのだった。

篠は自分のことが好きなのではないか。そう気づいたのである。

『好き』と一言に言っても、さまざまな種類の好意がある。だが『キス』をするという行為から導き出される『好き』は一つだった。

友情でもないし、敬愛の情でもない。唇に触れたいという思いはすなわち『劣情』に他ならない、という結論に達した藤堂の唇から今日何度目と知れない溜め息が漏れる。

篠が自分に対して劣情を抱いていたなど、少しも気づかなかった。幼い頃からひとときも離れず共にいたというのに、彼の想いに藤堂はまるで気づかなかったのである。

それだけに信じがたいのだが、と藤堂は改めて篠と共に過ごしたこれまでの人生を振り返った。

『祐一郎様』

物心ついたときから振り向けばそこに篠はいた。いることがあまりにも当たり前になってしまっていたからか、改めてそのときどきの篠を思い返そうとしても、常に微笑んでいる彼の顔しか浮かんでこない。

あの笑顔の下に、自分への劣情を隠していたというのだろうか。しかしいつからだ？　と、いくら考えても、心当たりは一つとして思い浮かばなかった。

やはり自分の思い違いか、と藤堂は考えかけたが、自分もまた百合に対する恋情をひた隠しにしていたことを思うと、思い違いとは言い切れなかった。それは百合もまた自分の想いに気づいてはいまいという自信があったからなのだが、自分と百合は四六時中一緒にいるわけではない。

もしも本当に篠が自分を好きなのだとしたら、それを隠してきた彼の演技力は素晴らしい。

アカデミー賞ものだ、と藤堂は一人笑い――瞬時にして、茶化している場合ではないかと反省した。

こうして一人あれこれと考えていても答えが出るものではない。気になるのであれば今すぐにでも篠を部屋に呼び、問い質《ただ》せばすぐ回答が得られよう。

それはわかっていたが、藤堂にその勇気はなかった。もしも篠の口から、

『好きです』

という言葉を告げられた場合、どう対処していいのかまるで見当がつかなかったからである。

昨夜のことは夢だと思おう。かなりの長考のあと、藤堂が導き出した結論はこれだった。現実逃避しているに過ぎないという己の声に耳を塞ぐと彼は、そろそろ支度をする時間が迫ってきたこともあり、あとは何も考えずにシャワールームへと向かったのだった。

いつものように藤堂は篠と共に午前八時前には警視庁へと到着したのだが、今日はすでに席についている者たちがいた。

「おはようございます」

「よお」

藤堂が部屋に入った途端、慌てたように立ち上がり挨拶をして寄越《よこ》した唐沢と、その横で右手を挙げてきた百合である。

「おはよう。早いな」

唐沢はともかく、百合は常に始業時刻ぎりぎり、ともすれば始業チャイムよりあとに来ることが多い。それがこうも早い時間に来ているとは、と驚いた藤堂は思わずそう声をかけたあとに、彼らがなぜ早く来たかをそれとなく観察し始めた。

「まあな」

苦笑するように笑った百合が、唐沢に「続けるぞ」と声をかけ席につかせる。

「要人警護の仕事で最も重要とされるのは？」

「あ、あの……」

百合にきつい語調で問いかけられ、唐沢があわあわとしながらも必死に頭を巡らせている様子で答える。

「……あらゆる方面に神経を張り巡らせて、マルタイを危険から守ること……」

「違う。まずマルタイに信頼されること。それが警護の第一歩だ。研修の一番最初に習っただろう？　忘れたのか？」

ますます厳しい口調になる百合に対し、唐沢はすっかり萎縮《いしゅく》したように「すみません」と謝罪をしている。

「謝罪はいい。次は空港での警護についてだ。気をつける点を三つ、すぐに挙げてみろ」

「あ、あの……」

百合は通常、場を和ませようとしてか、警護の現場以外ではおちゃらけていることが多いのだが、今の彼はまさに『鬼教官』そのものの厳しい顔をしていた。

おかげで唐沢はますます萎縮し、普段であれば即答できるような警護のイロハを言えずにいる。

一体何をやっているんだ、と藤堂は首を傾げかけたが、すぐにその答えに行き当たり、あ、と思わず声を漏らしそうになった。

『俺が彼を藤堂チームに相応しいSPに育て上げる』

昨日の朝そう宣言した百合の言葉を思い出したのである。

早速実践し始めたというわけか、と藤堂は席につき、メールチェックをしながらも、百合と唐沢、二人の様子を窺《うかが》っていた。

「そうじゃないだろう？　これも基本中の基本だ。このくらいのことを即答できないでどうする」

「も、申し訳ありません」

「だから謝罪はいい。さあ、二つ目はなんだ？」

萎縮しまくりながらも、唐沢の顔には戸惑いが浮かんでいる。あの様子では事情を何も知らせず、いきなり厳しい指導に入ったようだ、と藤堂は推察し、密かに溜め息をついた。

あくまでも百合は、唐沢を留学に出すまいと頑張るつもりのようである。こうして早朝に個人講義をしているのには、幾分パフォーマンス的な部分もあるのかもしれない。自分が宣言どおりに唐沢を鍛えているというアピールであろう、と気づいた瞬間藤堂の胸は、なんとも説明しがたい鈍い痛みに疼いた。

百合にとって唐沢の存在は、そうまでして失いたくないものなのか——今更ながらそれを思い知らされ、酷く傷ついている自分に藤堂は自己嫌悪の念を抱いた。

そんなこと、最初からわかっていたことじゃないか、と込み上げる溜め息を飲み下し、意識をメールに集中させようとする。

が、どうしても百合と唐沢の様子が気になってしまい、メールを開くべくマウスをクリックするはずの指はすっかり止まってしまっていた。

と、そのとき藤堂は、背後からの視線にはっと我に返り、肩越しに振り返った。

「どうされました」

いつの間にかすぐ後ろに立っていた篠が、遠慮がちに問いかけてくる。

「いや……なんでもない」

己の胸の内を見透かされたような気がして、藤堂はすぐに視線をパソコンへと戻すと、メールを開き読み始めた。が、背後からの篠の視線が気になり、またちらと彼を振り返る。

「…………」

同時に篠がすっと目を伏せ、自席へと戻っていく。その姿を目で追う藤堂の唇に、昨夜確かに触れたと思う篠の唇の感触が蘇った。

「…………」

はっとし、手の甲で唇を拭いながらまた視線をパソコンの画面へと戻す。開いたメールを読もうとするが、内容がなかなか頭に入ってこない。まったくどうしたことか、と苛立ちを覚えながらも藤堂はまた、ちらと篠を振り返った。

篠は自席でパソコンに向かい、メールチェックをしているようである。彼の様子には普段と変わったところはまったくないように見える、と藤堂は一瞬篠を凝視したあと、すぐに視線をまたパソコンへと戻した。

やはり昨夜のことは夢だったのだろうか——ぼんやりとそんなことを考えている自分に気づき、藤堂はまったくなんたることだ、とまたも密かに溜め息をつく。

昨夜のことは夢と考えようと結論を出したではないか、なのに何をいつまでもぐるぐると、考えても詮無いことを考え続けているのだ。そんなことに気を取られている暇はない、と藤堂は思考を切り替えると、気を入れて一件一件メールを読み始めた。

次の日藤堂は午前中休暇を取得した。毎年同じ日に藤堂は休暇を取り、ある場所に出かける。出勤の時間より随分早くに車で家を出るのだが、運転手はいつものように篠が務めた。行き先は都下にある霊園で、車中にはすでに篠により用意された切り花と線香が積まれている。見るからに墓参りに行く支度であるが、藤堂家の菩提寺は都下にはなかった。

霊園の開門は七時半であるので、毎年藤堂は開門と同時に入り、墓参りをしてからすぐにその足で警視庁へと向かう。なぜ朝一番に行くかというと、墓参りを人に——特に墓の下に眠る人の家族に、気づかれたくないためだった。いくら命日であっても家族も開門と同時なとという早朝には、墓参りに来ないと見越していたからで、現にこれまで何年にもわたり参り続けていたが、家族と墓の前で顔を合わせたことはなかった。

例年どおり、今日も藤堂は午前七時半に、開いたばかりの門から車を乗り入れ、目指す墓へと向かった。

正門を入って車で五分ほど走ったところに目当ての墓はあった。車から降り、花を入れた水桶《みずおけ》と線香を持って墓へと向かう。あとには箒《ほうき》を手にした篠が続いた。目的の墓の前に立った藤堂は、よく手入れされているその墓を暫し見つめた。

『唐沢家之墓』

墓石に刻まれた文字を眺める藤堂の脳裏に、幼い自分を連れ毎年の墓参りを欠かさなかった祖父の顔が蘇る。

多忙な祖父が毎年、それこそ一度たりとて忘れたことのなかった墓参の対象は、祖父を護衛中に亡くなったSP、唐沢真一《しんいち》だった。自分の代わりに亡くなったSPの命日に必ず祖父はそのSPの墓参りに訪れていたのだった。

マスコミに知られればなんたる美談、と持ち上げられたであろうに、祖父はこの墓参りを誰にも明かさなかった。唯一、なぜだか同道することになった藤堂だけが知っていたが、その理由を祖父は、相手方の家族を気遣ったためだと藤堂に説明した。

『亡くなる原因となった儂《わし》が墓参りに訪れても、家族は嬉しくないだろうからな』

祖父はそう言い、藤堂にも誰にも言うなと口止めをした。そう告げたときの祖父はどこか寂しげな表情で、常に堂々としている祖父がこんな顔をするとは、と子供心にも藤堂は戸惑いを覚えたものだった。

祖父が亡くなったあとも藤堂は墓参りをやめることなく、一人で通い続けた。祖父から頼まれたわけではない。自ら参りたいと思い続けていたのだが、その理由は藤堂自身にもよくわからなかった。

祖父の命を救ってくれた恩人であるから、というだけでない、何か他の理由がある気がしていた。自分がＳＰになろうと思ったのは、祖父との墓参りがきっかけだったという自覚もあった。

「祐一郎様」

背後から篠に声をかけられ、藤堂は暫しの思考より醒《さ》めた。

「お水を汲《く》んで参ります」

「ああ、頼む」

手を差し伸べてきた篠に水桶を渡し、切り花を取り出す。篠は「行って参ります」と一礼したあと、足早にその場を立ち去っていった。

藤堂は篠が残していった箒で墓の周りを掃き、数日前に挿したと思われる花を花入れから抜いた。そこに篠が水を汲んで帰ってきたので、二人で墓を清め、花を挿した。

線香に火を点《つ》け香炉に入れる。先に藤堂が墓の前に座り、手を合わせた。

目を閉じた藤堂の瞼の裏に、唐沢の——唐沢悠真の顔が浮かぶ。

悠真が祖父を護《まも》って亡くなったＳＰの息子だということに藤堂は勿論気づいていた。気づいていたどころか、祖父が亡くなったあと藤堂は篠に命じ、悠真自身や母親の生活を定期的に報告させていた。大黒柱を失った彼らが生活に不自由することがないか、それを案じたためだったが、しっかり者の母親は女手一つで悠真を立派に育て上げ、藤堂が手を差し伸べる機会がないままに終わった。

悠真がSPを目指して努力している姿も、藤堂は密かに追っていた。めでたくSPに選抜されたときには、祖父の恩義もあり自分のチームに配属させ、この手で彼を育て上げようと思っていたのだが——閉じていた目を開き、目の前の墓石を見た藤堂の口から、溜め息が漏れる。

悠真の能力は決して高いとはいえない。が、低いともいえないものだった。素直な性格をしているので、伸びしろは大きい。彼が目指しているという父親のような立派なSPになる夢を叶《かな》えてやりたい思いは、今も昔も変わりはない——はずだった。

それが、彼には『予知能力』があるのではないかと気づいたことから、少しずつビジョンが変化していった。

特殊な能力を伸ばしてやることが、本人のためにもなると思った、その考えは誤っていたのだろうか——祖父の命を救ってくれたという大恩がある人の墓を見つめ、心の中で問いかける藤堂の頭の中で、もう一人の自分の声が響く。

ビジョンが変わったのは、彼の特殊能力のせいじゃない。彼と百合との間に特別な関係が生じたせいじゃないのか。二人を引き裂こうとした、そんな歪《ゆが》んだ己の心がビジョンを狂わせたのではないのか。

「………違う……」

そうではない、と首を横に振る藤堂の口から、思わず言葉が漏れた。

「祐一郎様?」

微かなその声が耳に届いたらしい篠に問いかけられ、藤堂は自分がいつしか声を発していたことに、はっと気づいた。

「なんでもない。そろそろ行こう」

藤堂が立ち上がり、篠を見る。

「は」

篠は藤堂と入れ違いに墓の前に座ると、十秒ほど手を合わせてから立ち上がり、箒や水桶を手に取り、藤堂と共に車へと戻るべく歩き始めた。

二人の間に会話はない。会話があることのほうがめずらしいくらいであるのに、今朝はこの沈黙がなんとも居心地《いごこち》が悪い、と藤堂は篠に気づかれぬよう、溜め息をつく。

今日の篠の様子にも、変わったところは見受けられなかった。時間が経《た》つにつれ、やはりあの『キス』は現実ではなかったのではないかと思えてきた藤堂が、ちらと篠を見やったとき、

「あ」

めずらしくも篠が驚いた声を上げ、足を止めた。

「どうした」

藤堂もまた足を止め、篠の視線の先を追って——。

「……あ……」

目の前に現れた母子連れを前に驚きのあまり言葉を失った。

「……ボス……どうして……」

同じく驚きに目を見開き、呼びかけてきたのは唐沢悠真とその母だった。

悠真から藤堂は有休の申請を受けていた。唐沢家は霊園からかなり距離のある土地に住んでいる。こうも早朝に墓参りに来るのは困難だろうに、なぜ今日に限って、と動揺しながらも藤堂が口を開こうとしたとき、悠真の隣にいた彼の母が深く頭を下げて寄越した。

「坊ちゃま、大臣が亡くなられたあとにも毎年毎年お参りくださり、本当にありがとうございます」

「……ご存じでしたか……」

あれだけ祖父が隠していたというのに、と藤堂は思わず驚きの声を上げた。悠真の母は少し困ったように微笑み、「はい」と頷いてみせた。

「霊園の管理の方に伺いました。大臣より口止めをされていたらしく、なかなか教えてはいただけませんでしたが……」

「そうだったのですか……」

知られていたとは、と藤堂は呆然とすると同時に、だからこそこうも長い間、鉢合わせなかったのだろうと納得してもいた。祖父や自分が早朝に参るとわかっていたので、あえて彼

女は朝の墓参を避けていたのだろう。

それに今頃気づくとは、と軽く自己嫌悪に陥っていた藤堂の前で、悠真の母は藤堂の推察が当たっていることを物語るような言葉を続けた。

「いつもは昼過ぎに参るのですが、今日は悠真がどうしても休めないと申しまして……それで早朝の墓参りとなったのですが、もっと早くにこうしてお礼を申し上げるべきでした。本当に申し訳ありません」

「いや、謝っていただくようなことは何も……」

慌てて謝罪を退けた藤堂は、悠真が『休めない』理由にも気づいた。百合の厳しい指導が始まった今、彼に対し父親の命日だから休むとは言うに言えなかったのだろう。

それもまた、予測しようと思えばできたことであったのに、と尚も自己嫌悪に浸りかけていた藤堂に対し、悠真の母はまた丁寧に頭を下げると、言葉を続けた。

「大臣は毎年ご本人で……代理の方を立てられることなく、ご本人でお参りくださっていたと伺い、なんとありがたいことだと……夫もさぞ恐縮していることでございましょう。大臣がお亡くなりになってからは坊ちゃまがお参りくださって……本当になんとお礼を申し上げてよいのやら……」

と、ここで悠真の母の声が震え、言葉が止まった。そっとハンカチを取り出し目を押さえる彼女の横では、悠真が呆然とした顔で立ち尽くしている。

悠真にとってはすべてが初耳だったということなのだろう。察した藤堂はあとから事情を彼に説明しようと思いながらも、母に向かって深く頭を下げ返した。

「今まで勝手にお参りをさせていただいていました。申し訳ありません」

「申し訳ないのは私共のほうです！　本当に……本当にどうもありがとうございました」

藤堂の謝罪にはっとして顔を上げた悠真の母の頬には涙の痕があった。その後も礼を言いながら頭を下げ続ける母に、礼など言う必要はないのだと告げ、藤堂は車へと向かおうとした。

「どうか、お元気で」

また来年、参らせていただきます、と丁寧に頭を下げた藤堂に向かい、悠真の母は深く深く頭を下げ返し、感謝の言葉を繰り返していた。

その声を背に歩き出した藤堂の耳に、唐沢の硬い声が響く。

「ボス！　すみません、少しお時間、よろしいでしょうか」

母親をその場に残し、駆けてきた様子の唐沢を藤堂は振り返った。

「………………」

息を切らした唐沢は酷く思い詰めているように見える。その表情から藤堂は、彼が何を話したいのかを察し、ちらと篠を見やり口を開いた。

「先に車に戻っていてくれ」

篠はすぐに頭を下げると、車を停めた場所へと向かっていった。

「少し歩くか」

唐沢が今から言おうとしている内容は、おそらく母親には聞かれたくないものだろうと推察した藤堂は、彼をそう誘うと、ゆっくりと歩き出した。唐沢もまた藤堂に続き歩き始める。

「話があるのか？」

しばらく歩いた後、藤堂は足を止め唐沢を振り返った。

「あの……っ」

唐沢は何かを言いかけたが、上手く言葉にできなかったらしく、暫し口を閉ざす。

「なんだ？」

藤堂は唐沢が何を問おうとしているか、実は予測していた。こういうことを問いたいのだろう？　と先回りをしてやることもできたが、それができない雰囲気が今の唐沢にはあった。

何を思い詰めているのか、と訝りながらも藤堂が問い返したそのとき、唐沢の顔が歪み、彼の目から涙が零れ落ちたのに、藤堂はぎょっとし、思わず声を漏らした。

「なっ」

「ボス、教えてください！　僕がボスのチームに配属されたのは、父がボスのお祖父《じい》さんの命を護ったからなんですかっ？」

同時に唐沢の口から、高い声が放たれ、彼の目からはぼろぼろと涙が零れ落ちる。泣いていることに本人は気づいていないのか、涙を拭うことなく叫び続ける唐沢を前にし、藤堂はますます言葉を失っていった。

「どうして僕みたいな能力の低い人間が精鋭と言われるボスのチームに入れたのか、ずっと不思議に思ってました。何かの間違いに違いないとは思ってたけど、それでも……それでも、僕は……っ」

そこで唐沢が言葉に詰まり、ぐっと拳を握り締めたかと思うと、うう、と嗚咽《おえつ》を堪える素振りをした。彼の両目からは真珠のような涙がぼろぼろと零れ落ち続けている。

「……悠真……」

涙を必死で堪えようとする唐沢は、酷く傷ついているように、藤堂の目には映っていた。実際、唐沢をチームに加えようと思った動機は、彼が指摘したとおり、彼の父親に恩義を感じたというものだった。が、それを正直に告げることを躊躇われるほど、唐沢は落ち込んでいる様子だった。

その落ち込みの原因には、藤堂もすぐに思い当たった。おそらく彼は百合の『特訓』とも言うべき指導を受け、すっかり自分に自信をなくしてしまっているのではないか。そこにタイミングよく——悪くというべきか——藤堂チームへの配属が自分の実力などではなく、父親絡みであったと知らされたのだ。落ち込まないわけがなかった。

どう答えるべきか――そう悩んでいることを悟らせた時点で、唐沢は更に落ち込むに違いない。それを察した藤堂の口からは、自分でも思いもかけない言葉が発せられていた。

「誤解だ。私がお前をチームに選んだのは、お前の持つ特殊能力のためだ」

「……特殊……能力……」

唐沢が、はっとしたように顔を上げる。

「そうだ。お前には予知能力があるだろう？　それを私は買ったんだ」

出任せにもほどがある、と思いはしたが、藤堂の言葉は止まらなかった。

「で、でも、予知能力というほどのものじゃないし……」

唐沢にとっても藤堂の言葉は思いがけないものだったようで、泣くことを忘れ、あわあわと言い訳を始める。

「十数秒先しか見えないし、常に見えるわけではないと言うのだろう？　だがたとえ十数秒先とはいえ、未来を見通せる人間がどれだけこの世にいると思う？　ほぼ皆無に等しいだろう。それだけお前は素晴らしい能力を持っているということだ」

「で、でも……」

ますますあわあわとし始めた唐沢だったが、ふと何か気づいた顔になると、

「あの……」

と、藤堂に問いかけてきた。

「なんだ」

「……あの、どうして僕の能力のことをご存じなんですか？」

「ああ……」

指摘され、しまった、と藤堂は初めて自分の失言に気づく。

唐沢は自分の予知能力については、訓練中の教官にも明かしていない。彼がそれを打ち明けたのは百合のみと思われる。にもかかわらず自分がそれを知っているという、彼にとっては不自然極まりない状況をどう説明づけるか――必死に考えを巡らせていた藤堂の耳に、そのとき、もう一人の自分が囁く声が響いた。

『思わぬ好機じゃないか。例の件を打ち明けるのにさ』

「それは……」

今、藤堂の胸の中では、二人の彼が闘っていた。一人は調和を重んじる普段の彼、もう一人は胸の奥に押し込んでいる己の欲望に忠実な彼自身である。

理性的な『藤堂』は欲望のままに動く『藤堂』の甘言に乗るまいと必死で踏みとどまっている。が、結局理性は欲望に負けた。

「……百合から聞いた」

「百合さんが……？」

まさか、というように目を見開いた唐沢に対し、藤堂はあくまでも淡々とした口調で説明を続ける。

「ああ。お前に予知能力があるのではないかと気づいたのは、訓練中の成績からだ。もしもそういった能力があるのなら、専門のトレーニングセンターでそれなりの訓練を受けるべきだと私は考えた。警察組織のためばかりでなく、その能力を磨くことがお前にとってもプラスだと思ったからだ」

「ボス……」

唐沢は未《いま》だ呆然としていたものの、藤堂の話を理解してはいるようだった。その彼にこれを告げるのは、たとえ真実だとしてもどうなのだ、という逡巡が藤堂を襲う。が、彼の口はまるで迷いなく、頭に浮かんだ考えを語っていた。

「アメリカにそうした施設があることを調べ、留学を前提に話を進めた。上層部からの許可も下りたんだが、お前に話をする前にバディの百合に相談したんだ。その際百合からお前の能力の詳細を聞いた。だが百合は反対してきた。お前にとってもいい話だと私は思ったのだが……」

「百合さんが……反対……？　どうして……どうしてなんでしょう……」

唐沢が呆然とした顔のまま、あたかも独り言のように呟くその声に、藤堂ははっきりとした悪意を胸に答えていた。

「理由は聞かなかった」

嘘だ——百合は反対する理由を、懇切丁寧に藤堂に語っていた。それを藤堂はあえて唐沢に告げなかったのだった。

自分はわざと、百合と唐沢の間に波風を立てようとしている——厳しい百合の指導に自信喪失している唐沢の胸に、百合への疑念を植えつけようとしていることを、今、はっきりと藤堂は自覚していた。

「そんな……」

信じられない、というように呟く唐沢の瞳から、ぽろぽろと新たな涙が零れ落ちる。

「…………悠真……」

彼の涙は、自分が百合の心情を説明すればたちどころに止まることだろう。それがわかっていながら何も言えずにいる自身に対し、藤堂はとてつもない自己嫌悪の念を覚えてはいたが、それでも彼の口から真実が告げられることはついになかった。

4

唐沢の父の墓参りを終えたあと、藤堂は篠の運転する車で警視庁へと向かった。

車に戻ると篠は藤堂に、

「どうされました」

と問いかけてきた。

「問題ない」

篠は藤堂の行動に関し、このように自分から詮索してくることは滅多にない。なのに問いかけてきたのは、車に戻るまでにかなり時間が経っていたからかと藤堂は思ったのだが、ふと後部シートの窓ガラスに薄く映る自分の顔を見たときに、ああ、自分が酷い顔をしていたせいか、とその理由を察した。

今や藤堂の胸の中では後悔と反省の念が渦巻いていた。苦悩がそのまま顔に表れている、こんな自分を見れば篠が問うてくるのも当然だ、と窓ガラスから目を逸らせ、込み上げる溜め息を飲み下す。

自分の言動がまるで、藤堂には信じられなかった。自分の言葉がどれだけ唐沢を悩ませ、そして傷つけたか。すぐにも彼のもとに引き返し、真実を語るべきだと、頭ではそう考えるものの、運転席の篠に声をかけることはなかった。

藤堂が唐沢に対して語った言葉は、まったくの嘘ではない。あえて真実を語らなかった部分があるだけだ、と己に対して言い訳をしている自分に気づいた藤堂の胸には、情けなさと共に自分に対する怒りが湧き起こってくる。

自分は唐沢の能力を買っているのに、百合がその能力を伸ばそうとするのを妨害している――唐沢がそうとしか取れないように話したのには、藤堂の明確な意図があった。

その意図とは、百合と唐沢の間に溝を作ることに他ならない。なぜ溝を作ろうとしたかといえば、その動機は――嫉妬であった。

醜いとしか言いようのない嫉妬心に自分が突き動かされる日が来ようとは――窓の外、次々と後方へと流れていく緑の多い風景を眺める藤堂の口からまた、溜め息が漏れかける。

それを唇を噛んで堪えた藤堂は、ふと視線を感じ、車中を見た。

「…………」

バックミラーに映っていた篠の瞳と一瞬目が合う。それまで藤堂を見ていたらしい篠だが、一度目が合ってからは二度とミラー越しに藤堂を窺うような素振りを見せなかった。

藤堂が唐沢と話していたとき、篠は車で待機していたため、二人の会話を聞いてはいない。が、なぜか藤堂は、篠が一連の出来事を把握していると思えて仕方がなかった。

あまりにも長い間、一緒に過ごしていたからだろうか、篠は藤堂の心情を常に、驚くほど的確に察知した。だから今回も、自分の醜い嫉妬心を見抜かれているのではないかと藤堂は案じたのだが、そのようなことはあり得ないと自分に言い聞かせ、心の均衡を保とうとした。

いくら共にいた年月が長かろうと、語り合わぬ限り相手の気持ちをすべて把握することなどできようはずがない。

その証拠に自分は篠が何を考え、何を思っているか、その心情のすべてを把握しているわけではないじゃないか、と心の中で呟いた藤堂の唇に、篠の——と思しき唇の感触が蘇る。

「……っ」

こんなときに何を思い出しているのだ、と手の甲で唇を拭いながらも藤堂は、もしもあのとき、自分の唇を塞いだのが篠なのだとしたら、やはり自分は彼の心情をまるで理解できていないということだなと考え、視線をバックミラーへと向けた。

篠の顔がミラーに映るよう、座り直す。ミラーの中の篠は真っ直ぐ前方を向き、運転に集中しているように見えた。が、藤堂にはそんな篠の姿が、彼が自分の視線に気づいているのに、あえて気づかぬふりを決め込んでいるのではないかと思え、警視庁に到着するまでの間、ちらちらと彼を窺い続けてしまったのだった。

藤堂は午前中の休みを申請していたが、警視庁に到着したのは午前十時を少し回った頃だった。

「ボス、おはようございます」

部屋に入った途端、姫宮が慌てた様子で藤堂に駆け寄り、心持ち声を潜め報告してきた。

「今、悠真から連絡があって、今日は体調が悪いので休みたいと……」

「……そうか……」

藤堂が一瞬虚を衝《つ》かれた顔になったからか、姫宮は、面倒見のいい彼らしく、唐沢のフォローをし始めた。

「随分具合が悪そうでした。声なんて本当に細くて……もともと休暇の予定だったし、今日一日ゆっくり休みなさいとは言ったんですが……」

「わかった。報告ありがとう」

姫宮のフォローは唐沢を気遣ってのものだと藤堂にもわかっていたが、『随分具合が悪そう』だの『声が細い』だのという表現は、彼の胸にぐさぐさと刺さった。

唐沢が急遽休暇を取ることにしたその原因は自分にある、それを思い知らされていたからである。

『体調が悪い』が嘘であることは、つい先ほど霊園で会ったそのときの様子から簡単に推察できる。もともと彼は、父親の命日である今日、休暇を取って母親と墓参りに行く予定にしていた。

が、突然百合の『特訓』が始まったことで、休みを取ることをやめ、早朝に墓参りを済ませたあと、出勤する予定だった。おそらく百合にもそう伝えていただろうに、急に休むと連絡を入れてきたのは、自分との会話で彼が酷く衝撃を受けたためだとしか思えない、と藤堂はともすると漏れそうになる溜め息を堪えるべく、唇を嚙み締め自席へと向かった。

「ボス」

と、そのとき百合が席を立ち、藤堂のデスクへと近づいてきた。

「なんだ」

視線を彼へと向け、普段どおりを心がけつつ、藤堂が答える。

「話があるんだが」

そう言い、くい、と親指でドアを示した百合に藤堂は一瞬、どう答えようかと迷った。

「ここではできない話か」

当然『そうだ』と言われるであろうと予測していたにもかかわらず、藤堂がそう問い返したのは、単なる時間稼ぎだった。

百合の用件はおそらく唐沢についてだろうということは軽く推察できる。なぜ彼が急に休むことになったのか、その心当たりを聞かれるのではないかとわかっていただけに、彼の質問を受けるのを先延ばしにしただけなのだが、返ってきた百合の言葉は藤堂の予想を裏切るものだった。

「……別に俺は構わないが……」

そう言い、ちらと藤堂を見る。構うのはお前ではないのかと言いたげなその表情を見た瞬間、藤堂の頭にカッと血が上った。

「構わないのなら話せばいいだろう！」

きつい口調で言い捨てた藤堂の声が室内に響く。途端に百合以外の皆が——姫宮や星野、それに傍に控えていた篠もまた、はっとした顔になり藤堂を見やったが、百合の態度だけは変わらなかった。

「それじゃ、話す」

そう言ったあと百合が大きく息を吸い込む。藤堂が激昂してしまったのは、百合が唐沢の急な休みの原因が自分にあると見抜いているのではと思ったためだった。だからこそああも意味深な物言いをしてきたのではないかと、それで売り言葉に買い言葉とばかりに言い捨ててしまったのだが、実際姫宮や星野の前で、その話題をされて困るのは、どう考えても藤堂のほうだった。

だが今更『やはり席を外そう』とは言えない、と藤堂は百合を見上げ、百合も藤堂を見下ろす。いつもながら、なんと美しく澄んだ瞳だ、と、緊張感がこれでもかというほどに漲《みなぎ》る場面であるにもかかわらず、藤堂は百合の瞳に一瞬見惚《みと》れた。

瞳は心の鏡、と言われることがあるが、百合の瞳はまさに、彼の清廉潔白な性格をそのまま映していた。濁りのない、青いほどの白目と強い光を湛《たた》える黒目のコントラストが実に美しい。

この美しい瞳に見据えられては、嘘をつくことなどできそうもない。しかし真実を告げれば、この場にいる皆に自分に対する猜疑《さいぎ》心が生まれるだろう。

どうすればいいのだろう――百合の目を真っ直ぐに見返しながらも、藤堂は心の中で真実を語るか否かの葛藤《かっとう》を続けていたのだが、ようやく口を開いた百合が述べた言葉は、またしても藤堂の予想を大きく裏切るものだった。

「悠真のことなんだが、どうだろう、このチームの皆で彼を指導していくという環境を整えちゃもらえないかな」

「……え……?」

思いもかけないことを言われ、藤堂はつい戸惑いの声を上げたのだが、それをどう取ったのか百合は頭を掻きながら言い訳めいた口調で話を続けた。

「いや、『俺が育てる!』なんて大見得を切ったのに恥ずかしい話だが、俺一人で彼を指導するより、ここにいる皆の力を借りたほうがより効果的だと思ってな」

「え？　なんの話？」

「悠真の指導って？」

百合の後ろから、姫宮と星野、二人が疑問の声を上げる。と、百合は彼らを振り返り、おもむろに説明を始めた。

「今、悠真は俺たちの中で『オミソ』状態だろ？　まあ、まだ現場に出たての新人だから仕方がない部分もあるが、いつまでも『オミソ』として甘やかすのも本人のためにならないし、何よりあいつも早く俺たちに近づきたいと思っているようだし、俺たち皆で彼を成長させてやれたらと思ったんだ」

「ああ、だからかおるちゃん、あんなに厳しく悠真に接してたのねー」

なるほどぉ、と姫宮が納得した声を上げ、その横で星野が、うんうんと頷いている。

「どうだ、ボス。許可してもらえないか？」

「…………」

振り返りそう笑いかけてきた百合を前に藤堂は一瞬言葉を失った。

百合は唐沢の留学には一切触れずに、あたかも自分が唐沢の指導を思いついたような口ぶりで話しているが、それは藤堂の立場を慮ってのことと思われる。彼は多分、自分にまず了承を得てから姫宮や星野に加勢を頼むという流れにしたかったのだろうが、そうならなかったのは藤堂がこの場で話をしろと彼に告げたために他ならなかった。

「ボス」

黙り込む藤堂に、百合が声をかけ、姫宮と星野も身を乗り出し、藤堂の答えを待つ。

ここは『イエス』と言うしかない、そういう状況に自分を追い込んだ百合を改めて藤堂は見返した。

人に対する思いやりを忘れず、それでいて自分の意志を通す。やはりこの男には敵《かな》わない、と心の中で溜め息をつきながら藤堂は首を縦に振った。

「わかった。私も協力する」

「ありがとう、ボス」

「あたしも協力するわ！」

「及ばずながら俺も協力するぜ」

百合がニッと笑って礼を言い、姫宮が、そして星野がそれぞれ百合に声をかける。

「頼むよ。俺はアタリがキツいせいか、悠真がすっかり萎縮しちまってな」

百合が苦笑しながら、姫宮と星野に頭を下げるのに、

「あー、確かに。かおるちゃん、怖いかも」

「鬼教官みたいでしたからね」

と、二人は笑顔で応えていた。

「早速プログラムを組もう。射撃は俺が担当する」

「それならあたしが警護の理論を」

「俺は何をすればいい？」

わいわいと騒ぎながら席へと戻っていく彼らを見つめる藤堂の胸は今、敗北感としか言いようのない思いで満ちていた。

チームの皆が一丸となり、唐沢を成長させていく——唐沢自身のためにも、そしてチームの結束のためにも、これ以上の解決策はないと認めざるを得ない。

さすが百合だ、と密かに溜め息をついた藤堂の耳に、姫宮の明るい声が響いた。

「悠真が今日休んだのって、もしかしてかおるちゃんの特訓に音を上げちゃったのかしらね？」

その言葉を聞いた藤堂の胸が、ドキ、と嫌な感じで高鳴る。

「あいつはそんな理由で休みはしないよ。本当に体調が悪いんだろう」

即答する百合に姫宮が、

「まあ、そうよね。素直な子だもんね」

と答える、そんな彼らのやりとりを耳にし続けることが耐えられず、藤堂は席を立った。

「ボス」

途端に背後から篠に声をかけられ、はっとして振り返る。いつになく動揺している様子に篠は驚いたのか、目を見開いたあとに静かな声で問うてきた。

「お顔の色が悪いようですが、ご気分でも……？」

「なんでもない」

一言そう言い捨て、部屋を出ようとした藤堂に、室内の皆の注目が集まる。

「本当に顔色悪いわ。大丈夫ですか？」

「具合でも？」

姫宮と星野が心配そうに問いかける声に被さり、百合の「大丈夫か？」という声も響く。

「ああ。大丈夫だ」

心配するな、と微笑み、部屋を出た途端、藤堂はドアを背に身体を預け、大きな溜め息をついた。

無理に浮かべた笑みが、頰の上で引き攣っていたことに気づいた人間は果たしていたか。百合は気づいたかもしれない、とまたも溜め息をつき、あてもなく歩き始める。

きっと今、自分の顔は醜く歪んでいるに違いない。何があったと問われるに違いないこんな顔を誰にも見せるわけにはいかない、と藤堂は歩きながら行き先を考え、屋上に出ることを思いついた。勤務時間中の屋上に人がいることは滅多にないと知っていたためである。

エレベーターに乗り込み目指した屋上は、予想どおり無人だった。風が強い、と思いながら、手摺りまで進み、それに背を預けながら空を見る。

唐沢を中心に、チームがより結束を固めようとしているが、その唐沢に対し、百合への不信感を植えつけてしまった。そのことを藤堂は今、酷く後悔していた。

唐沢のチームへの配属は、彼の父親に対する恩義がきっかけではあった。大恩ある人の息子がSPとして活躍したいという希望を抱いているのならサポートしてやりたい、それが自分の望みでもあったはずなのだ。

チームの皆が唐沢を成長させようとして一つになるというのは、藤堂のその『望み』の観点からしても理想的な展開であるのに、その展開を藤堂は自らの手で潰《つぶ》してしまったのかもしれなかった。

そのときには、唐沢に特殊な能力があることを知らなかったのだ。それがわかったので、能力を伸ばしてやりたいと方向転換をしただけだ——言い訳にしか思えないことを心の中で呟いている自分が嫌になる、と藤堂はまた、空を見上げたまま大きく溜め息をつく。

留学を無理強いしようとしたのは、唐沢と百合を引き離したかったからだ。その証拠に、先ほども唐沢に対し、百合への不信感を煽《あお》ることをわざと言ってしまった。

嫉妬心から自分は、自らも望んでいた唐沢の成長を妨げようとしている——そんなことが許されるわけがない、とまたも溜め息をついたそのとき、屋上の扉が開く音が遠く響いたと同時に、聞き覚えのある声が藤堂の耳に届いた。

「藤堂！　やっぱりここか」

「……っ」

声をかけてきたのは百合だった。どうしてここが、とはっとし、彼を見やった藤堂に、百合が笑顔のまま近づいてくる。

「どうした？　体調が悪いところを無理して来たんじゃないのか？」

心配そうに眉を顰めながら問いかけてくる彼に藤堂は思わず、

「なぜここがわかった？」

と問いかけていた。

「いや、なんとなく」

百合が、それを聞くか、というように笑い、問いを重ねる。

「何か心配事か？」

「いや、別に……」

百合の問いかけはさりげなかったが、彼の表情から藤堂は、心の底から自分を案じてくれていることを察した。

自分には彼に案じてもらう資格などない。百合に対する後ろ暗さから藤堂は彼を見返すことができずに俯いた。

「……実は俺も心配してたんだ」

百合のいつもよりも心持ち低い声が藤堂の耳に響く。

「悠真の留学……あの話はかなり進んでいたんじゃないのかと思ってな。特殊なケースだから、すでに上層部の許可も得ていたんじゃないか？」

「…………」

実際そのとおりではあるが、それの何が『心配』なのか、と藤堂が顔を上げ、再び百合を見る。百合はまたあの綺麗な瞳で真っ直ぐに藤堂を見返しながら、言葉を続けた。

「上層部の決定が下っていたのだとしたら、それを撤回するのは困難なんじゃないかと……お前に酷く負担がかかっているのではないかと、それが心配でな」

まさか百合の『心配』が自分に対してのものだったとは、と藤堂は信じがたい思いで百合を見返してしまった。

「やはりそうなのか？」

無言でいることを肯定と取ったらしい百合が、両手を伸ばして藤堂の肩を摑み、確認をとってくる。

痛いほどに肩を摑まれたことで、はっと我に返った藤堂は、慌てて、

「いや、違う」

と首を横に振った。

「俺に気を遣うことはないんだぜ？　一昨日から明らかにお前の様子はおかしかったからな」

百合はどこまでも藤堂に対し、好意的な目を向けてくる。それがますます藤堂の罪悪感を煽り立て、堪らず彼は百合の腕を振り払った。

「悠真の留学話を勝手に進めたのは私だ。たとえ断ることが困難であってもその責任は私にあるのだから、お前が心配する必要はない！」

「心配に必要も何もないだろう？」

藤堂が張り上げた声より更に高い声で百合は叫ぶと、再び藤堂の肩を摑み、切々と訴えかけてきた。

「お前がピンチに陥っているときに、手を貸したいと申し出て何が悪い？　俺たちはチームじゃないのか？　それ以前に俺とお前は友達だろう？」

がくがくと肩を揺さぶり、熱く叫ぶ百合の迫力に、声を発することもできずにいた藤堂だが、続く百合の言葉を聞いた瞬間、彼の中で何かが弾《はじ》けた。

「だいたい勝手に話を進めたと言うが、お前が悠真のためを思って話を進めたことはわかってるんだ。それを反対したのは俺じゃないか。もしもお前が上層部との軋轢《あつれき》に悩んでいるというのなら、俺に相談してくれてもいいじゃないか」

「お前に何ができると言うんだ！」

そんな言葉を口にするつもりは藤堂にはなかった。唐沢の留学を強引に推し進めようとしたのは、彼の将来を思ったからではなく、彼を百合から引き離したかったためだ。なのに百合は自分がさも唐沢のために行動したと思い込んでいる。

元来、誰にもまして高潔な精神の持ち主である藤堂は、己の嫉妬心に対し自己嫌悪の念を抱いていた。それを、そのつもりはないもののこれでもかというほど刺激され、思わず彼は心にもないことを叫んでしまったのだった。

「責任を取ることができるのは、責任者である私だけだ。余計な口出しは無用！　わかったな！」

そこまで言い放つと藤堂は百合の手を振り払い、足早にドアへと向かっていった。

「おい！　藤堂！」

背中で百合の、己の名を呼ぶ声が響いたが、藤堂は一度も振り返ることなくドアを開き、階段へと走った。

百合が追ってくる気配はなかったが、エレベーターを待っているうちに彼に追いつかれることを恐れたのだった。

数階駆け下りたあと、藤堂は切れた息を整えるために踊り場で足を止めた。

『それ以前に俺はお前の友達だろう？』

百合の声が、真摯《しんし》な光を湛えた彼の美しい瞳が、藤堂の頭の中をぐるぐると巡っている。

自分たちは友情で結ばれていると、百合は信じて疑っていない。それはまさに藤堂の狙《ねら》いどおりであったにもかかわらず、彼の胸は今やるせなさで溢れていた。

目の奥に熱いものが込み上げてくるのを、ぐっと飲み下す。泣くな、泣いてはいけないと祖父にあれだけ言われていただろうと藤堂は己に言い聞かせ涙を堪えた。

おそらく百合は不審に思ったに違いない。あとからフォローが必要となろう。だがなんと取り繕えばいいのか。

藤堂の頭に一つとして妙案は浮かばなかった。涙を堪えるのが精一杯である自分を心の底から情けなく思いながらも、藤堂は踊り場の壁に身体を預け、じっと上を見上げて込み上げる涙を堪え続けた。

5

その日も内勤であったため、藤堂は定時になるとパソコンをデスクの引き出しに仕舞い席を立った。

「お先に失礼する」

「お疲れ様でした」

「お疲れ様です」

姫宮が、星野が声をかけてきたが、彼らの顔には驚きの色があった。

「お疲れ」

百合もまた声をかけてきたものの、その表情にはこれでもかというほどの心配が表れている。

屋上でやり合った彼とは結局、その後言葉を交わすことがなかったため、様子のおかしい自分を案じてくれているのだとわかっていた。姫宮と星野が不審げであるのは、藤堂には常に皆が帰宅したあとに帰るという習慣があるためだが、その習慣を破ってまで帰路を急いだ彼に、何かしらの用事があるわけではなかった。

イレギュラーな行動をとっているというのに、篠もまた支度を整え、藤堂のあとに続いて部屋を出た。

今更驚くことではないが、なぜ彼には自分の行動のすべてが読まれるのだろう、と思いながらも藤堂は彼を従え警視庁を出ると、

「少々お待ちくださいませ」

と言葉を残して駐車場へと向かう篠の後ろ姿を無言で見送った。

家に戻って、何をするという予定はなかった。ただ、酒を飲みたいという希望はあった。飲んで今日の出来事すべてを忘れたい——藤堂はもともと、酒に逃れるという行為を潔しとしていなかった。飲んで我を忘れたところで、現実は何も変わらない。飲んでいる暇があるのなら、現実的な解決先を考えるべきである。そうした持論を持っているにもかかわらず、今の藤堂の心境は、まさに『飲まずにはいられない』という気持ちに陥ってしまっていたのだった。

帰宅後、藤堂は夕食もそこそこに自室に戻り、グラスにウイスキーを注いだ。それを一気に飲み干し、また酒を注ぐ。

まったく、何をしてるんだか、と、自身に呆れながらも、酔いに身を任せることを望んで

数杯グラスを空けたとき、ドアがノックされたことに彼は気づいた。

「なんだ」

ノックをしたのは篠だとわかっていたため問いかけると、遠慮がちにドアが開き、予想どおり篠が顔を覗かせた。

「何か用か？」

「いえ、用では」

我ながら尖った声をかけた藤堂に、篠は物静かな声で答えたあと、じっと視線を注いできた。

「なんだ」

「……よろしければ、お相手いたしましょうか？」

静かに問いかけてきた篠に、藤堂は「不要だ」と答えかけたが、一人で飲んでも鬱々《うつうつ》とするばかりだろうと考え直した。

「……入れ」

「失礼いたします」

篠は深く頭を下げ、まずサイドボードに立ち寄ってグラスを手に取ってから藤堂へと近づいていった。

「失礼いたします」

藤堂の向かいに腰を下ろし、自分でグラスに氷を入れウイスキーを注ぐ。

「………」

藤堂の頭に、まるで数日前のデジャビュだ、という考えが浮かんだ。

こうして彼に酒を注いでもらい、さんざん飲んだあとにこの場で眠り込んでしまった。その後彼は眠り込んだ自分を抱いて寝室に運び、そして——。

いつしか唇を指でなぞっている自分に気づき、藤堂はその指を握り込むと、篠が自分のグラスにも氷と酒を注いでくれ、差し出してきたそれを手に取った。

「乾杯」

「乾杯」

何に乾杯しているんだか、と思いつつ、グラスを合わせる。ここでまた一気に飲み干せば前と同じ展開になりそうな気がした藤堂は、一口だけ飲むと篠を見た。

篠もまた一口飲み、藤堂を見返す。沈黙が二人の間に流れたが、いつもはまるで気にすることのない静けさを、藤堂は酷く居心地の悪いものに感じた。

「何か話があるのか？」

それで彼はそう篠に問いかけたのだが、途端に篠は目を伏せてしまった。

「いえ」

「酒を飲みたかっただけか」

揶揄《やゆ》するようなことを言ってしまったのはなぜなのか、藤堂は自身の言動に首を傾げながらも、やたらと攻撃的になる自分を抑えきれずにいた。

「…………」

篠は何も答えない。せめて彼が反論したら、藤堂も自分がいかに理不尽なことをしているか自覚できただろうが、篠は無言のまま俯き、藤堂の言葉を全身で受け止めているだけだった。

「何か言ったらどうだ？　お前はいつも、都合が悪いことがあると黙り込む」

「…………」

揶揄が挑発になっても篠は言葉を発しない。酔っていることもあり次第に藤堂は苛立ちを増していった。

「お前は自分の希望を一度も口にしたことがないな。今、何をしたいと思ってるんだ？　こうして酒を飲むのもお前の希望ではないのだろう？　私が一人で飲んでいるからそれに付き合わねばならないと思った、まさに義務感から声をかけてきたんじゃないのか？」

「いえ、そのような……」

ここで初めて篠は口を開いたのだが、いかにも自分に対し気を遣っていると思われる彼の否定を聞き、藤堂の苛立ちは更に増した。

「怒鳴りつけられてまで共に飲みたいと思う人間がいるものか！　それとも何か？　お前は

私に怒鳴られても構わない、いっそ怒鳴られたいとでも思っているのか？」

「…………」

藤堂の罵声に、篠は何も答えず俯いている。先ほど発言したことで自分が激昂していると
わかっているためだろうと推察できるだけに藤堂の怒りはますます煽られ、怒声はますます
高くなった。

「怒鳴られても傍にいたいのか。どれだけお前は私を慕っているんだ。そうだ、この間私が
寝ていると思い、キスをしただろう？　あれも私を慕っているからか？」

藤堂がそう言った瞬間、それまで目を伏せていた篠が、はっとしたように顔を上げた。

「あ……」

素面《しらふ》のときには、確かめることができなかった出来事を、酔った勢いとはいえ口走ってし
まった自分に動揺し、藤堂が口を閉ざす。

またも沈黙の時間が流れたが、今回の沈黙は先ほどよりも随分緊張感に満ち溢れたものと
なった。置き時計のカチカチという秒針の音のみが、やたらと大きく室内に響き渡っている。

「……大変申し訳ありませんでした」

今回、重苦しい沈黙を破ったのは篠だった。深く頭を下げる彼を前に、藤堂は愕然とし、
暫し言葉を忘れた。

篠が自分にキスをしたことを認めた――その事実に藤堂は、衝撃を受けてしまったのだっ

た。確かにあれはキスとしか思えなかったものの、信じがたい思いが強すぎて、藤堂は自分が夢を見たという可能性を捨てきれずにいたのだった。

だが今、篠は謝罪をすることでキスを認めた。なぜだ、なぜキスなどしてきたのだ、と混乱するあまり藤堂はその思いを篠本人にぶつけていった。

「なぜキスをした？　お前は私を本当に慕っているというのか？　友としてでも主としてでもなく、恋愛の対象として？」

叫ぶようにして藤堂が篠に問いかける。その間ずっと篠は頭《こうべ》を垂れ、一言も発しなかった。

「そうなのか？」

藤堂が重ねて問いかけたのに、ようやく篠は顔を上げたが、普段は感情の起伏を感じさせないその顔に、酷く思い詰めた表情が浮かんでいることに藤堂は気づいた。

聞いてはならない――咄嗟《とっさ》に頭を過ったのはその言葉だというのに、藤堂は顔を上げたものの、言いよどんでいる様子の篠に言葉をぶつけていた。

「言え！　お前は私が好きなのか？」

「…………はい」

篠が答えるまでにはかなり長時間の躊躇いがあった。が、その逡巡の後に篠はきっぱりと頷き、藤堂を唖然《あぜん》とさせた。

「……ずっとお慕い申し上げておりました」

言葉を失う藤堂に対し、篠が己の想いを訴える。なぜだか聞いてはならない気がして藤堂は、

「やめろっ」

と高く叫んでいた。

「申し訳ありません」

次の瞬間、なんの迷いもなく深く頭を下げてきた篠を見て、藤堂の頭になぜかカッと血が上った。

「なぜ謝る？　私が好きなのだろう？　触れたいと……キスしたいと思うほど、私が好きなのではないのか！」

なぜ、自分がそんな言葉を叫んでいるのか、藤堂自身、よくわかっていなかった。藤堂がわからないものは篠もまたわからないようで、顔を上げ藤堂を見つめてくる。

彼も綺麗な瞳をしている――黒目がちの煌《きら》めく瞳を見た藤堂の脳裏に百合の瞳が浮かんだ。百合の瞳には彼の確固たる意志を感じさせる強い光が宿っているが、篠の瞳には百合とは違う柔らかな光がある。思わずその光に見入りそうになっている自分に気づいたとき、激しい動揺に襲われた藤堂は、あとからなぜあのようなことを言ったのか理解しがたいと思い悩む、そんな言葉を叫んでいた。

「好きならキスをすればいい！　触れたいなら触れればいい！　抱きたいなら抱けばいい！

さあ、抱け！　抱いてみろ！」

「………祐一郎様……」

篠は今、呆然とした顔をしていた。こうも驚いた彼の顔を今まで見たことはなかった、と気づいたと同時に、藤堂は我に返った。

「あ……」

なんということを言ってしまったのだ、と今投げつけた言葉を取り消そうとし、口を開きかけた彼の前で、篠が立ち上がり、テーブルを回り込んで藤堂の傍らに立った。

「…………」

柔らかな光を湛えていたはずの篠の瞳には今、ぎらついているとしかいえない強い光が宿っていた。こんな彼の顔も見たことがなかった、と絶句する藤堂の腕を篠が摑む。

「……っ」

痛いほどの力で摑まれた手を引かれ、立ち上がることを強要される。その間篠は一言も喋《しゃべ》らず、藤堂もまた声を発しなかったが、篠の意図はわからないものの、藤堂のほうではいつにない篠の迫力に吞まれてしまい、声が出なかったのだった。

「おいっ」

だがその彼も、不意に篠がその場で自分を抱き上げたのにはぎょっとしたあまり、高く声を上げていた。

篠の耳には藤堂の声など届いていないかのように、彼は藤堂を抱いたまま部屋を突っ切り、寝室に通じるドアを開いた。

「諒介！」

篠はそのまま真っ直ぐにベッドに向かい、藤堂の身体をその上に落とすと無言のまま覆い被さってきた。

藤堂に名を呼ばれたときだけ、一瞬身体を強張《こわば》らせたが、次の瞬間には起き上がろうとする藤堂を押さえつけると、そのシャツを摑み、一気に前を開かせた。

「何をするっ」

パチパチとボタンが引きちぎられ、あちこちに飛び散る。乱暴な篠の行動に驚きながらも、身の危険を感じた藤堂は身体を起こし、彼の腕から逃れようとした。が、篠の動きは素早く、藤堂からシャツを引き剝《は》ぐと、カフスで袖《そで》が抜けないのを逆に利用し、シャツで両腕をぐるぐると縛り上げた。

「よせっ」

再び篠は藤堂をベッドに押し倒し、今度は藤堂のベルトに手をかけると、手早くそれを外し、スラックスを下着ごと引き下ろす。

「やめろ！　やめないか！」

何が起こっているのか、藤堂はまるで理解していなかった。ただ、縛られた両手が自身の体重の重さゆえ背で押される痛みが、一人全裸に剝《む》かれる羞恥《しゅうち》の念が、抵抗したくとも少しもできないことへの苛立ちが、彼に怒声を上げさせ、暴れさせていた。

「どういうつもりだ！　離せっ」

叫ぶ藤堂の上に篠は馬乗りになると上体を押さえつけながら、覆い被さるようにして藤堂の胸に顔を近づけてくる。何をする気か、と身体を強張らせた藤堂は、次の瞬間、篠が己の乳首を唇に含んだのに驚いたあまり、悲鳴のような声を上げていた。

「やめろーっ」

身体を捩《よじ》り、篠の唇を避けようとする藤堂の身体を押さえ込み、篠が舌でじっくりと藤堂の乳首を舐《ねぶ》り始める。そのとき藤堂の背筋に、ぞわ、とした感覚が芽生えたが、その感覚が何かを考えるよりまずこの信じがたい状況から逃れたくて、藤堂は自由にならない身体を捩り、必死で抵抗しようとした。

だが篠は藤堂の乳首を舐《な》めるのをやめないばかりか、身体を押さえつけていた手の片方を離すと、その手をもう片方の乳首へと向かわせ、指先できゅっと摘《つ》まみ上げてきた。

「やめ……っ」

その瞬間、電流のような刺激が藤堂の背筋を駆け抜け、今まで得たことのない感覚にぎょっとしたあまり、抵抗が一瞬やんだ。

「…………」

それを察したらしい篠が、乳首を口に含んだままちらと目を上げ藤堂を見る。藤堂もまた、自身の胸を見下ろしていたため二人の視線がかっちりと合った。

「な……っ」

目が合った途端、とてつもない羞恥の念が込み上げてきて、藤堂はまたも必死で抵抗を始めようとした。が、篠にきゅっと乳首を抓《つね》られ、もう片方を強く吸われたのに彼の身体は、びくっと震え、肌に熱がこもり始めてしまった。

「よせ……っ……」

篠が乳首を指先で、舌で弄《いじ》るのに従い、次第に鼓動が速まり、血液の循環がよくなっていくのがわかる。特に強く摘まれると、大きな刺激が背筋を走り、いつしか閉じていた瞼の裏で閃光《せんこう》が弾けた。

「やめ……っ」

飽きることがないかのように、篠は藤堂の乳首を弄り続ける。すっかり硬くなったそれを舌で転がし、ときに軽く歯を立てたり、指先で摘まみ上げたかと思うと、強くきゅっと抓ったり、また、指の腹で乳首を肌に押し込めるようにしたりと、藤堂の両胸を篠は刺激し続けた。

「よせ……っ……あっ……」

と、そのとき拒絶の言葉を叫ぼうとした藤堂の口から、自分でも驚くような甘やかな声が漏れた。

「……え……っ？」

そんな馬鹿な、と動揺する藤堂をまた、篠はちらと見上げたあと、再び目を伏せ胸を舐り続ける。

「やめ……っ……あっ……」

信じられない——漏れる声を、唇を噛んで堪えねばならない状況に今、藤堂は激しく動揺していた。

鼓動は最早早鐘《もはやはやがね》のようになり、身体はすっかり火照って、肌には汗が浮いてしまっている。胸を舐られ、弄られることで、自分の身体が思わぬ変化を見せることだけでも受け入れがたい出来事であるのに、まるで女のような声を漏らしてしまうとは、まさにアイデンティティーの崩壊である、と藤堂はなんとか身体を捩ると、篠から逃れようとした。

「あっ……」

両胸から篠の指が、そして彼の唇が外れる。解放された、と藤堂がほっと安堵《あんど》の息を吐いたのも一瞬のことで、次の瞬間彼は今まで以上の衝撃を受けることとなった。

藤堂が身を捩ることができたのは、それまで彼の上で馬乗りになっていた篠が腰を浮かしたからだった。そのまま篠は身体を下へと移動させると、藤堂の両脚を大きく開かせ、抱えて固定したあとにそこへと顔を埋《うず》めてきた。

藤堂は堪らず悲鳴を上げてしまった。

「やめろっ」

胸への愛撫《あいぶ》で勃起しかけていた藤堂の雄が、篠の口に咥《くわ》えられる。熱い口内を感じた途端、藤堂は堪らず悲鳴を上げてしまった。

「よせーっ」

嫌悪もあったが、それ以上に、今まで体験したことのない感覚に——おそらく『快感』というものであろうその感覚に、己が支配されそうになる、それが怖い、という思いが藤堂に悲鳴を上げさせていた。

実は藤堂はこれまで、性体験が一度もなかった。自慰くらいは当然したことがあったが、男性に抱かれたことは勿論、女性を抱いたこともなかったのである。

その理由は、彼が、性的に淡泊であったことに加え、これまでに身体の関係を持ちたいと思うような相手との出会いがなかったためだった。

恵まれたビジュアルから、中身から、また、藤堂家の長男というバックグラウンドから、藤堂と関係を持ちたいと切望する女性はそれこそ数限りなく、彼の周りにひしめいていたのだが、そういった女性との一夜限りのアバンチュールを楽しむような性格を藤堂はしていなかった。

セックスは愛の営みであり、想いが通じ合った相手とするべきことである。そうした理想を抱いていた彼は、成人しても経験がないことに対して恥ずかしいと思う感覚を持ち合わせていなかった。

早い遅いは個人差である。そう思えるのはおそらく、そのことで彼をからかうような人間が周囲にいなかったためであろうが、性体験がまるでない藤堂にとっては、フェラチオも勿論初めての体験であり、あまりに強烈な刺激に恐怖に近い思いを抱いてしまっていた。

「やめ……っ……やめてくれ……っ」

暴れたくても、しっかりと両脚を抱えられては身体を捩ることもできず、声で制止を訴えるしかない藤堂の雄を、篠はそれは丹念に舐り続けた。

すべて口内に収めきったあとに、唇に力を入れてゆっくりと取り出し、先端のくびれた部分に舌を絡ませていく。

「やめ……っ……あぁっ……」

堪らず高く叫んだ藤堂の声はまさに『嬌声《きょうせい》』というに相応しい、甘やかなものだった。それを恥じ、唇を噛んでも、篠の舌が雄に絡みつき、硬い舌先が鈴口を抉ってくる、その刺激は我慢できず、口を開いてしまう。

「やっ……あぁ……っ……あっ……あっ……」

藤堂はいわゆるAVを観たこともない。が、もしも彼に視聴経験があったとしたら、自分がかなり大仰な『演技』をしているであろうそれらの出演女優ばりに高く喘《あえ》いでいることに、耐えがたい羞恥を覚えたことだろう。幸い経験がないゆえ、自分の喘ぎがいかにあられのないものかという自覚が彼に芽生えることはなかった。

「駄目だ……っ……もうっ……あぁっ……」

口淫《こういん》をされるのは初めてだったため、藤堂に上手い下手の区別はつかないが、実際篠の口淫は巧みだった。すぐに藤堂の雄は勃《た》ちきり今にも達してしまいそうに昂《たか》まってしまっていた。

いやいやというように首を横に振り、上へと逃れようとしたのは、体験したことのない快楽に意識は紛れてはいたものの、その育ちのよさゆえ、人の口の中に精を放つことに躊躇いを覚えたためだった。

それで上へと逃れようとした藤堂の両脚を篠はぐっと引き寄せると、片手を脚から外し、竿《さお》を勢いよく扱き上げながら、先端にきつく舌を絡ませた。そのような強い刺激に藤堂が耐えられるわけもなく、ついに彼は達し篠の口の中に白濁した液を飛ばしていた。

「……ああ……」

己の鼓動が耳鳴りのように藤堂の頭の中で響く。その音の向こうから、ごくり、と何かを飲み下す音が響いたのに、藤堂ははっとし、いつしか閉じていた目を開いて音のしたほうを——己の下肢を見た。

「……あ……」

はあはあと整わない息の下、小さな呟きが藤堂の口から漏れる。彼の目には今、己の雄を

ゆっくりと口から出そうとしている篠の端整な顔が映っていた。

今の音は彼が、自分の精液を飲んだ音だ——そう察した藤堂の頭に、カッと血が上る。堪らず目を逸らしたが、篠の視線が自身に刺さっているのはわかった。見るな、という思いで再び視線を戻す。と、そのとき篠が自身の唇を指先で拭っている様が目に飛び込んできた。

実に淫蕩《いんとう》な仕草だった。しなやかな指先に光る液体を篠がぺろりと舐める。唇の間から覗く赤い舌先と、長い指のコントラストに思わず魅入ってしまった藤堂だが、彼が舐め取ったのが己の残滓《ざんし》とわかり、いたたまれなさから再び目を逸らせた。

「……え……？」

目線が外れたのが合図になったかのように、篠が身体を起こすと、改めて藤堂の両脚を抱え上げた。

今度は何をする気だ、と目を上げた藤堂を見下ろし、篠が口を開く。

「抱いてさしあげます。そうあなたがお望みになったので……」

「待て……っ」

いつの間にか篠は自身の雄をスラックスのファスナーの間から取り出していた。すでに勃ちきっているその雄が己の後孔に押し当てられるのを目の当たりにし、藤堂は思わず悲鳴のような声を上げた。

「——ッ」

ずぶり、と篠の雄の先端がめり込んでくる。あまりの激痛に、そのとき藤堂の口からは本格的な悲鳴が発せられた。

身体を無理やりにこじ開けられるという表現がぴったりの、酷い痛みだった。狭道を篠の逞《たくま》しい雄が進むにつれますます痛みは増し、藤堂の目から生理的な涙が零れ落ちる。

「やめろ……っ……やめてくれ……っ」

苦痛が藤堂から一時《いっとき》プライドを奪った。懇願口調になってでも、この痛みから逃れたいと思った彼の願いは、だが、篠に聞き入れられることはなかった。

「くうっ」

篠は藤堂の両脚を抱え直すと、一気に腰を進めてきた。あまりの激痛に藤堂の息が止まる。

「やぁ……っ」

次の瞬間、篠による激しい抜き差しが始まった。互いの下肢がぶつかり合うときに高い音が立つほどの激しい腰の律動が生む痛みは凄《すさ》まじく、藤堂は歯を食いしばりその激痛に耐えていた。

篠の突き上げは延々と続いた。痛みは飽和状態となり、後ろの感覚がすでになくなってしまったあとにも、腰を打ちつけてくる。その頃には最早藤堂の意識はほとんどないような状態だった。ただただ早く解放されたい、それだけを望んでいた藤堂は、途切れそうになる意識の合間合間に薄く目を開き、自分を酷い目に遭わせているとしかいいようのない行為を続ける篠の顔を見上げていた。

藤堂の目に映る篠は、酷く悲しげな顔をしていた。なぜ、彼はそんな表情を浮かべているのか、まるで理解できずにいた藤堂は、幻覚でも見ているのかもしれないと自身を納得させていた。

「くっ」

いつ終わるやもしれない篠の行為がぴたりと止まり、己の腹の上で彼が伸び上がるような姿勢になる。同時にずしりとした精液の重さを感じたのを最後に、藤堂の意識は遂に途切れ、そのまま彼は気を失ってしまったのだった。

6

藤堂は夢を見ていた。幼い頃、彼の泣き場所であったツツジの植え込みの陰で、幼い藤堂はやはり幼い篠と抱き合っていた。

『お前は泣いていいんだ……っ』

そう言い、しっかりと篠の身体を抱き締めると、篠は更に強い力で、藤堂の背を抱き締め返し、泣きながら耳元に告げてきた。

『祐一郎様、どうか泣いてください……っ！　僕の……僕の前ではどうか……っ』

誰にも言いませんから、と繰り返す篠の言葉に涙を誘われ、藤堂もまた強く彼の背を抱き締め返したところで、藤堂はぽっかりと目を覚ました。

「…………」

数日前にも見たばかりだというのに、またも懐かしい夢を見てしまった、と見慣れた寝室の天井を見上げた藤堂は、不意に蘇った記憶にはっとし、がばっと身体を起こした。

「……痛っ」

途端に疼痛《とうつう》が走り、身体を伏せてその場で固まってしまう。

こうして痛みが残っているということは、一連の出来事は夢などではなかったということだろう、と思う藤堂の口から深い溜め息が漏れた。と同時に、自分がいつも着用しているパジャマを身につけていることに気づき愕然とする。

自分で着替えた記憶はないので、藤堂にこれを着せたのは篠以外にない。ああも乱暴に自分を抱いた彼がパジャマを着せてくれる、そのギャップに違和感を覚えた藤堂は、ああ、違う、と気づき、また深く溜め息をついた。

そもそも篠を『抱け』と挑発したのは藤堂に他ならなかった。篠は自分の命令に従っただけである。

そこまで考えた藤堂は、待てよ、と首を傾げた。

篠は確かに自分の命令には絶対服従といってもいい勢いで従ってくる。ならば彼は、行為の最中自分が苦痛のあまり「やめろ」と叫んだとき、行為をやめてもよかったのではないか。『やめろ』というのは命令であったし、苦痛に耐えられずに自分は『やめてくれ』と懇願まてした記憶がある。にもかかわらず、篠が行為をやめなかったのはなぜなのだろう、と藤堂は考え――。

「…………」

ある回答に辿《たど》り着き、はあ、と溜め息をつきながらごろりと仰向《あおむ》けに横たわった。

枕元《まくら》の小さな明かりのみが灯《とも》された状態の薄暗い部屋の中、天井を見上げる藤堂の脳裏に、自分を乱暴に突き上げてきたときの篠の顔が蘇る。

動作自体はまさしく、容赦のないものだった。相手の身体を痛めつけることなど少しも厭《いと》わない、己の欲情のみに従ったとでもいうようなものであったにもかかわらず、篠の顔はどこまでも悲しげだった。

なぜ彼はあんなに悲しげな顔をしていたのか。答えはおそらく、あの行為が彼の望むものではなかったからだ。

では誰が望んだものなのかというと——それは自分だ、と藤堂は両手で己の目を覆い、大きく溜め息をついた。

藤堂が無意識のうちに望んでいたのは『罰』だった。友情を疑うことなく真っ直ぐな心で己と向かい合い、気遣ってまでくれる百合を自分は裏切っている。そのことに対する罰を望み、それでああも篠を挑発したに違いない。

篠なら己の望む『罰』を与えてくれる。長い歳月を共に過ごしてきた彼であれば、何も言わずとも望みを叶えてくれると思ってしまったのだろう。

『……ずっとお慕い申し上げておりました』

篠の声が藤堂の耳に蘇る。

きっぱりとした声だった。まるで迷いを感じさせないその口調は、彼の真実を感じさせるものだったのに、自分はそんな彼の想いを無意識のうちに利用しようとした。

罰を与えてほしい、それだけの理由で——。

「…………」

申し訳ないことをしてしまった、と藤堂が溜め息をついたそのとき、カチャ、と扉が開く音がし誰かが室内に入ってくる気配がした。

おそらく部屋に入ってきたのは篠だろうと推察できたが、藤堂が目を覆った両手を外すことはなかった。否、外せなかった。なぜなら今彼の目には涙が溜まり、今にも零れ落ちそうになってしまっていたからだった。

「祐一郎様」

さも心配しているような声音で、篠が声をかけてくる。ああも荒々しい行為に及んだとは思えない静かな声で彼は藤堂に体調を問うてきた。

「……大丈夫ですか？　痛みは酷くないですか？　お薬をお持ちしましょうか」

「…………」

いらない、と藤堂は手で両目を覆ったまま首を横に振る。篠はそんな藤堂のすぐ傍まで近づいてくると、また静かに声をかけてきた。

「喉が渇かれたかと思い、お水をお持ちしました。枕元に置かせていただきます」

サイドテーブルに、コトン、と盆を下ろす音がする。そのあとしばらく篠は、じっと藤堂を見下ろしていたようだった。

『申し訳ありませんでした』

篠の口から謝罪の言葉が発せられることはなかった。痛みは癒《い》えたかと藤堂の身体を労《いたわ》ってくれたが、その痛みの原因は篠自身にある。それでも彼が謝らないのは、自分がそれを望んでいないことがわかっているためだと藤堂は察していた。

「失礼いたします」

やがて篠が一礼し、部屋を出ていこうとする気配が伝わってきた。彼の足音が遠ざかっていき、ドアを開く。このまま彼を去らせていいわけがない、と藤堂はドアが閉まる前に、と篠に呼びかけた。

「……諒介」

藤堂の声は酷く掠《かす》れ、そして震えていた。篠が再び藤堂の枕元へと引き返してくる。

「はい」

低く答えた篠は、じっとその場に佇《たたず》み藤堂が口を開くのを待っていた。

『……ずっとお慕い申し上げておりました』

篠の告白が再び藤堂の耳に蘇る。

ずっと——いつの頃から篠は、自分のことを想ってくれていたのだろう。片時も離れずにいたというのに、まるで気づかなかったのは、彼がその想いをひた隠しにしてきたからだと、同じく百合への想いを隠してきた藤堂には容易に想像できた。

そんな彼に対し、酷い仕打ちをしてしまった——後悔の念と罪悪感が藤堂の胸の中で急速に膨れ上がり、涙腺《るいせん》を刺激する。

今、口を開けば泣いてしまうとわかっていたが、すぐにも詫びたい気持ちが勝った。藤堂は目を押さえる両手にぐっと力を込めると、声の震えを必死で抑えながら口を開いた。

「……申し訳なかった……お前に酷いことをした……」

「祐一郎様」

枕元に立つ篠がはっとしたように声を上げたあと、深く頭を下げた気配が藤堂に伝わる。

「謝罪などなさらなくてよいのです。どうか……どうか……」

ここで篠は一瞬言葉に詰まったが、やがて小さな声で言葉を続けた。

「……どうか……泣かないでくださいませ」

「……っ」

その言葉が合図となったかのように、藤堂の目からはそれまで堪えていた涙が溢れ出していた。込み上げる嗚咽を、唇を嚙んで必死で呑み込もうとし、両目を押さえる手にぐっと力を込める。

泣いてなどいないと首を横に振ったのは、大の大人が恥ずかしいという思いもあったが、

人前で泣いてはならぬという祖父の教えが未だに藤堂の中に深く残っているためだった。

　そんな藤堂の耳に篠の、涙を堪えているのがありありとわかる声が届き、ますます彼の涙腺を崩壊させていった。

「……あなたは私に何をなさってもいいのです。あなたが何をなさろうが、私はあなたを愛していいます。たとえあなたの心が他の誰かのものであっても構いません。あなたが誰かを愛する、その気持ちごと、私はあなたを愛していますので……」

「……う……」

　遂に藤堂の唇から嗚咽が漏れた。声を震わせ泣く藤堂の耳に、篠のあまりに優しい言葉が沁み込むようにして響いてくる。

「……あなたが何をしようが……何を思おうが、私はあなたを愛しています。ですからどうか、私のために泣くのはおやめください。かつて、私の前ではいくらお泣きになってもよいのですよと申し上げたことがありましたが、私のために泣くことだけは、どうか……」

「……悪かった……本当に……本当に申し訳なかった……」

　愛情溢れる篠の言葉に、藤堂の罪悪感はますます煽られ、謝らないでくださいと言われていても、やはり謝罪の言葉を口にしないではいられなかった。

「よいのです……よろしいのです……」

　謝らないでください、と繰り返す篠の声も、泣いているようである。彼の涙声は藤堂をも泣かせ、藤堂はぎゅっと目を押さえたまま、篠に詫び続けたのだった。


翌朝、藤堂はいつものように起き出し、朝稽古へと向かった。

「おはようございます」

庭ではすでに篠が待機しており、彼もまたいつものように藤堂に対し一礼して寄越した。

が、続く彼の言葉は、『いつもの』ものではなかった。

「祐一郎様、ご体調は……?」

その問いに対し藤堂は、

「大丈夫だ」

と一言で答えると、二人は竹刀を合わせ始めた。

昨夜、藤堂の涙が収まったのを見越し、篠は部屋を出ていった。一人になってから藤堂は改めて、篠の自分に対する気持ちについて考えた。

『あなたが何をしようが……何を思おうが、私はあなたを愛しています』

それほどの深い愛情を篠が注いでくれていたことに、藤堂は驚きと共に戸惑いを覚えていた。

そうも愛される価値が自分にはない――藤堂の戸惑いはその思いから発しているものだった。

そしてまた藤堂は、篠の深い、そして真摯な愛情を知った今、藤堂は自分の百合への想いに対し、自信をなくし始めていた。

本当に百合が好きなのであれば、何より願うべきは彼の幸せではないのか。なのに自分は醜い嫉妬心から彼の幸せを――愛する人と共に働くという幸せを妨害しようとした。

果たして自分の百合への想いは『愛』と言えるのか。そんなことを考えているうちに藤堂は夜を明かしてしまったのだが、ほぼ寝ていない状態であっても彼が朝稽古をしようと思ったのは、休めば昨夜自分の身体を酷く痛めつけた篠が気に病むだろうと思ったためだった。

身体は本調子ではなかったが動けぬほどではなかった。実際に竹刀を手にすると、藤堂は普段どおりに動くことができた。

篠と竹刀で打ち合いながら藤堂は、真っ直ぐに自分を見つめる彼を真っ直ぐに見返した。普段とまるで変わらぬように見せてはいたが、篠の打ち込みにはいつものようなキレがなかった。

体調を気遣っているのにそれを感じさせないのは篠の優しさの表れであると藤堂は察していた。改めて篠の愛の深さに感じ入りながら、藤堂は彼と竹刀を合わせ続けた。

その後二人は、いつものように共に朝食をとったが、昨夜のことが話題に上ることはなかった。

藤堂は改めて詫びたいとは思っていたのだが、自分から話を切り出すのを躊躇してしまったのだった。

朝食を終えるとそれぞれに支度を整え、藤堂と篠はいつものように警視庁へと向かった。

「ボス、おはようございます」

「おはようございます」

「よお」

部屋には姫宮と星野、それに百合の三人がすでに来ており、藤堂を驚かせた。

「早いな」

始業まで随分間があるのに、と声をかけた藤堂は、返ってきた姫宮らの答えに、またも心配と罪悪感を抱くことになった。

「悠真への指導のために来たんですけど、本人がまだ来てなくて……」

「百合さんとは毎朝七時半に待ち合わせているということだったんですが」

星野がそう言い、百合を見る。百合は苦笑しただけで、何も言いはしなかった。

「体調、そんなに悪いのかしら。今日も休みだったりして……」

姫宮が心配そうに眉を顰め、そう言うのに、

「ああ、今日は警護の仕事も入ってるんだよな」

と星野が答え、ちら、と藤堂を見る。

「……悠真から連絡は？」

おそらく来ていないだろうと思いつつ藤堂が問いかけると、予想どおり皆、首を横に振った。

「始業まで間がある。出動は午後。彼からの連絡を待とう。休みであれば他のチームに応援を頼むこととする」

「いや、来ると思うぜ」

唐沢を案じつつも、淡々とした口調で告げた藤堂の言葉を百合が遮る。

「あいつだって今日、総理大臣の警護があることはわかっている。もしも休むつもりだったら、チームに迷惑をかけないよう、もっと早い段階で連絡を入れてくるに違いない」

「………」

きっぱりと言い切った百合の顔に、迷いはなかった。それだけ唐沢に対する信頼が篤《あつ》いということだろう、と藤堂は察したが、今までの彼ならきっと胸が痛んだであろうに、なぜかそのとき痛みが訪れることはなかった。

「バディのお前が言うのなら間違いないだろう」

そう告げたときにもやはり、藤堂の胸が痛むことはなかった。唐沢への嫉妬に苛《さいな》まれることに慣れてすらいたというのに、どうしたことか、と密かに首を傾げながらも藤堂は席につき、パソコンを引き出しから取り出して本日の護衛の最終確認に意識を集中させていった。

精鋭と名高い藤堂チームは、最重要とされる護衛を任されることが多かった。今日も米国へと向かう総理大臣の護衛を命じられていた。

首相官邸から羽田空港で専用機に乗り込むまでという短い間ではあったが、テロが頻発しており、加えて基地問題で揺れている昨今、総理大臣が首脳会談のために訪米するといったこの状況は、テロリストの格好の標的となる可能性が高かった。

それで藤堂チームに護衛が任されることとなったのだが、藤堂は誰が見ても完璧としか言いようのないプランを練り上げていた。

路上の警察官の配置、搭乗ゲートまでの経路、ありとあらゆる攻撃を想定した護衛プランに、警護課長も警備部長も感嘆の声を上げたのだが、いくらプランが素晴らしくとも、総理大臣が無事に機上の人とならねば意味がない、と藤堂は彼らの賛辞を退けた。

実際、このプランのとおりにことが運べば、総理の安全を守ることができると藤堂も思っていたが、それで慢心するほど彼は愚かではなかった。現実にはどのような突発事項が起こるかわからない。完璧な計画を立てることは必要条件であり、充分条件ではないという持論の彼だからこそ、数ある警護課のチームの中でトップの実力であると誰しもが認める地位に身を置いているのだった。

藤堂が最終確認を終えた頃ちょうど始業時間となったのだが、チャイムが鳴る直前にドアが開き硬い表情をした唐沢が室内に足を踏み入れた。

「おはようございます」

「悠真！　どうしたの？　顔色、悪いわよ」

力なく挨拶をする唐沢に、姫宮が駆け寄り顔を覗き込む。

「昨日は休んでしまい、申し訳ありませんでした」

姫宮の言うとおり、真っ青とも言っていい顔色をした唐沢は、まず姫宮に、そしてぐるりと室内を見渡し、皆に向かって頭を下げた。

「大丈夫か」

と、そのとき百合が立ち上がり、唐沢へと近づきながらそう問いかけた。途端に唐沢の顔が強張る。

「申し訳ありませんでした」

視線を逸らすために頭を下げたのだということがありありとわかる動作をした唐沢が、そそくさと席につき引き出しからパソコンを取り出す。

「…………」

「…………」

あまりにも不自然な唐沢の態度に、姫宮が、どうしたの、というように百合を見、百合がわからない、と肩を竦《すく》める。

「悠真」

そんな彼らの様子を横目に藤堂は唐沢を自席へと呼んだ。

「はいっ」

唐沢がはっとしたように顔を上げ、駆け寄ってくる。あまり眠れていないに違いないその顔を見た藤堂の胸に罪悪感が立ち上った。

すぐにでも、彼の悩みを取り除くことができるような言葉をかけてやりたいと思ったが、責任者としての自分が今やるべきは任務に関する確認である。午後の仕事が終わったら必ず事情をすべて説明する。申し訳ない、と心の中で手を合わせながらも藤堂は厳しい口調で唐沢に問いを発した。

「体調はどうだ？　午後からの任務にはつけそうか」

「大丈夫です。ご心配をおかけし申し訳ありません」

硬い口調で唐沢はそう言うと、深く頭を下げたあとにまた自席へと戻っていった。

「…………」

自分に対する口調も硬い、と内心溜め息をついた藤堂の目の前で、百合が唐沢に話しかけている。

「悠真、ちょっといいか？」

「……すみません、メールのチェックをしたいので……」

百合の誘いを唐沢がやんわりと断った途端、室内になんともいいようのない緊張が走った。

「わかった。それじゃあ、終わったら声をかけてくれ」

暗に断られたとわかるだろうに、百合が明るくそう声をかけたので緊張感は薄れたが、唐沢の表情は相変わらず硬かった。

「わかりました」

返事はしているが、一度として百合を見ようとしない。姫宮と星野が顔を見合わせ、二人して百合を見たが、百合は大丈夫というように微笑み頷いてみせていた。

明らかにしているわけではないが、百合と唐沢はおそらく恋人同士である。仕事上の『バディ』である以上に強い絆《きずな》で結ばれているという自負が百合にはあるため、ああも安心しているのかもしれないが、二人の間の信頼関係を揺るがす発言を唐沢に対してしているだけに、藤堂はどうにも落ち着かず、唐沢を別室に呼び話をするか、と口を開きかけた。

が、そのとき机上の固定電話が鳴ったため、藤堂の意識はそちらへと逸れた。表示された番号から警護課長がかけてきたことがわかったのである。

「はい、藤堂です」

『本日の総理の行程に急遽《きゆうきよ》変更があるとの連絡があった。至急部屋まで来てくれるか?』

「わかりました」

この期に及んで変更とは、と舌打ちしたい気持ちを抑え、藤堂が立ち上がる。

「ボス、何か」

「どうしました」

皆が口々に問いかけてくるのに、

「総理の行程が変更になったそうだ」

と短く答え、藤堂は部屋を出た。

課長から聞いた総理の『予定変更』が、知人の見舞いと知った藤堂は、総理が立ち寄る病院へのルート、それに病院内の護衛のプランを至急固めた。

関係各所への連絡などに時間を取られ、すべての準備が整ったのは藤堂らが首相官邸に出向く予定の十分前となった。

「それでは行くぞ」

藤堂の声がけで、インカムや拳銃、それに防弾チョッキなどの装備を済ませた百合と唐沢が口々に返事をし、彼のあとに続く。

先に姫宮と星野、それに篠は首相官邸に詰めていた。予定では藤堂もすでに官邸入りしているはずだったのだが、全体の指揮を執っているのが藤堂ゆえ、総理の予定変更に伴う計画の見直しに手間取ったために出発が遅れたのだった。

「しかしどんな切羽詰まった見舞いかと思ったら、単なる胃潰瘍《いかいよう》だと。時間が余ったから行く、くらいの感覚なのかねえ」

車は百合が運転した。唐沢がするというのを百合が強引に代わったのは、相変わらず顔色の悪い彼の体調を慮った結果と思われた。

助手席に唐沢が、後部シートに藤堂が座ったのだが、運転席から百合がそう二人に話しかけてきたのに反応したのは藤堂だけだった。

「我々が口を出すことではない」

「まあ、そりゃそうだけどな」

肩を竦めた百合が、ちら、と助手席の唐沢を見る。唐沢はじっと前を見つめたまま、百合を見返しはしなかった。

「…………」

まずいな、と藤堂は心の中で呟き、唐沢を、続いて百合を見た。百合の言うとおり、総理本人は呑気《のんき》に構えているものの、藤堂は今回、必ずテロリストはなんらかの攻撃を仕掛けてくると見込んでいた。

勿論それを未然に防ぐための手立てはすべて講じたつもりではあるが、イレギュラーな出来事は常に起こるものである。そういった突発事態に備えるためには、警護にあたるSP一人一人が極限まで緊張を高めることが大切であるが、それ以外にチーム内での連携も重要な鍵となる。

今の状態では、百合と唐沢は連携がとれているとはとても言えない。感情的な行き違いが警護の穴となる可能性もある。ここはやはり、一言言わねば、と藤堂が口を開きかけた、それより一瞬早く百合が喋り始めた。

「悠真、前に言ったよな？　何かむかつくことがあれば何にむかついたのかその場で言ってくれと。俺たちはバディだ。常に心を通じ合わせていないと、要人警護の仕事に支障が出ることになりかねない。わかっているだろう？」

運転しているため、ずっと前方を見ながら百合はそこまで言い、ちらと助手席の唐沢を見た。

「…………はい……」

唐沢は頷いたが、彼の口が開くことはない。沈黙がしばらく流れたあと、また百合が話し出そうとしたが、藤堂は間もなく官邸に到着するとわかっていたため、二人の間の会話を打ち切るしかなかった。

「もうすぐ到着だ。唐沢、百合、今は総理を警護することだけを考えろ」

藤堂に対し唐沢と百合、それぞれに、

「はい」

「ああ」

と頷いたものの、続く彼の言葉を聞いた唐沢は、はっとしたように後部シートを振り返った。

「おそらく今日、訪米前の総理をテロリストは狙ってくるだろう。ほぼ確実にな。心して警護にあたってくれ。いいな」

「は、はいっ」

唐沢の目に強い光が漲ってくる。SPの自覚をようやく取り戻したらしい彼に藤堂は頷いてみせると、その様子をバックミラーで見つめていた百合へと視線を向けた。

「俺も何かしらの攻撃はあると思っていたぜ」

視線に気づいた百合が、ミラー越しにニッと笑いかけてくる。

「我々二人が『来る』と予測しているとなると、必ず来るな」

藤堂もまた、百合にニッと笑いかけたが、そのときにも彼の胸に信頼する仲間に対するもの以外の感情が芽生えることはなかった。

「自信過剰だな」

はは、と百合が笑い、なあ、というように唐沢を見る。

「そんな……」

唐沢はなんと答えたらいいか、困ったというようにして俯いたが、それまで彼の心を覆っていた鎧《よろい》はすでに取り払われているように藤堂には見えた。

「行くぞ」

首相官邸の門が見えてきたのに、藤堂が改めて二人に声をかける。

「はい！」

「はい！」

緊張感溢れる返事を返す二人に対し、藤堂はもう危惧《きぐ》の念を抱いてはいなかった。


藤堂らが到着した五分後に、総理と総理夫人は官邸を出発した。総理の車には藤堂が同乗し、他の皆は後続車に乗り込んだ。

予定どおり、まずは病院に向かい、滞りなく見舞いを済ませると、総理の車は一路羽田空港へと向かった。

藤堂は総理の護衛を何度か務めたことがあるため、車中、総理は藤堂に何かと話題を振ってきた。妻に向かって、藤堂の祖父の話などをし始めた総理に笑顔で相槌《あいづち》を打ちながらも、藤堂は常に周囲に目を配り、インカムで空港の周辺情報などのチェックを続けた。

そうこうしているうちに車は羽田空港に到着した。総理は旅客が利用する出入口ではなく、航空会社の人間が利用する出入口から空港内に入ることと決まっていた。

車から降り立った総理と夫人を、藤堂チームの六人が囲む。

通路には二メートルと空けずにSPたちが待機していた。

「随分オーバーなのね」

夫人が驚いた様子でSPたちを眺め、総理に話しかける。

「備えあれば憂いなしだよ」

総理が笑って応えるのを聞き、危機感がないなと藤堂は思ったが、このまま裏通路を通り専用機が待機しているゲートへと進むことができれば、それ以降は危険が伴うような場面はなさそうだった。

しかし意外だ——そう首を傾げる藤堂は、テロリストたちは空港までの経路のどこかで攻撃を仕掛けてくると読んでいた。理由は、警護され尽くしている空港で仕掛けるのは難しいと誰もが気づくと思ったためなのだが、めずらしく外したか、と藤堂は心の中で肩を竦めた。

まあ、こうした『外し』はありがたいことだ、と考えつつ、それでもゲートまではと緊張感を保ち足を進める。従業員専用エレベーターでゲートのある階まで上り、やはり数メートルおきに配置しているSPたちが見守る広い通路を進んだが、怪しげな人物の姿をついに見出すことはなかった。

ゲートに到着すると、総理と夫人はすぐに機内へと乗り込むことになった。

「いってらっしゃいませ」

先に到着していた秘書らと米国へと同行するSPたちと共に、総理が搭乗口へと進んでいく。それを藤堂チームは一列に並び見送ったあと、やれやれ、とそれぞれに溜め息をついた。

「外したな」

百合が苦笑し、藤堂を見る。

「ああ」

藤堂も頷いたのを見て、姫宮が、

「どうされたんです?」

と尋ねてきた。

「いや、今日は必ず何かしらの攻撃があると踏んでたんだよ」

百合が答え、な、とまた藤堂を見る。

「ああ」

藤堂が頷いたときに、ゲートの待合室にぞろぞろとマスコミの記者たちがやってきた。

「専用機に同乗する記者団ですね」

星野が彼らを目で追いながら呟くのに、姫宮がはっとした顔になった。

「彼らの人物チェックと荷物チェックは?」

「すでに他のチームが済ませている」

実際チェックをするのは空港の係員であるが、そのチェックに藤堂は他のチームのＳＰを同席させるよう指示を出していた。

「それなら安心ね」

姫宮がほっとしたように笑い、搭乗ゲートへと向かっていく彼らの姿を目で追う。

「せっかくここまで神経すり減らして警護をしてきたというのに、機内で何かあっちゃあ、泣くに泣けないもんな」

星野が彼に応え笑ったそのとき、

「あ‼」

という、唐沢の高い声が響いた。

「どうした？」

藤堂が振り返ったときにはもう、唐沢が搭乗口へと向かい駆け出していた。

「悠真！」

「どうしたの⁉」

百合が、姫宮が、星野や篠も彼のあとを追う。

「機内にテロリストがいます！　配膳室です‼」

唐沢が叫び、搭乗口へと駆け込もうとする。慌てて係員が止めようとするのを藤堂は叫んで制した。

「総理が危ない！　通すんだ‼」

藤堂の迫力ある声音に係員が竦んだ隙《すき》に、唐沢が、続いて百合が中へと駆け込んでいく。

そのあとに藤堂と篠が続き、更にあとに姫宮と星野が続いたが、姫宮や星野にはまるで状況

がわからないようで、

「なに？　なんなの？」

「俺が知るかよ」

と戸惑いの声を上げていた。

彼らに説明している暇はないと藤堂は、蛇腹になっている通路を駆けてゆく唐沢の背を見やった。

おそらく彼には何かが『見えた』のだろう。何かというのはすなわち、配膳室にいるテロリストに他ならない。

そう察しているのは藤堂だけではなく百合もで、彼は唐沢を追い抜くと、ちょうど乗り込もうとしていた記者たちを押し退け、専用機に飛び込んでいった。

「おい！　なんなんだ」

「痛いじゃないか」

文句を言う記者たちに謝罪の暇《いとま》もなく、唐沢に続いて藤堂も機内に飛び込む。

「なんだね、君たちは！」

「いきなりどうした！」

総理を囲む秘書と、ＳＰが声高に叫ぶ中、まず百合が配膳室に飛び込む。

「きゃーっ」

SP

女性の悲鳴が上がる中唐沢もまた中に駆け込み、それに藤堂も続いた。

「こいつか⁉」

百合が唐沢に問いかけ、唐沢が配膳用のトレイに駆け寄りながら「はい！」と答える。

「な、なんなんですか、あなたたちは……っ」

百合が羽交い締めにしていたのは、客室乗務員の制服を着用している若い女性だった。配膳室の中にいたのは彼女一人であったため、百合は彼女を捕獲したのだろうが、突然のことに驚き、何が起こっているのかわからないといった様子の、しかも華奢《きやしや》な若い女性が果たして本当にテロリストなのか、と藤堂は、百合の腕の中で身体を震わせている彼女と、百合に問われて即答した唐沢を代わる代わるに見やった。

「君たち、なんだね。彼女は専用機の客室乗務員で身元の確認もしっかりとっている。テロリストであるはずがない」

藤堂に続いた姫宮や星野を押し退けるようにして、総理の第一秘書が配膳室へと入ってこようとする。

「すぐに彼女を解放したまえ。なんなんだ、君たちは」

秘書が厳しい口調でそう言い、百合と女性に近づこうとしたそのとき、唐沢がワゴンの扉を開き、中に手を突っ込んで取り出したものを皆に示した。

「拳銃です！　彼女がこの中に仕込むのを、僕ははっきり見ました‼」

「なんだと⁉」

「け、拳銃だっ」

唐沢が高く掲げた拳銃を見て、その場は騒然となった。

「畜生っ」

それまで被害者然としていた客室乗務員が吐き捨て、百合の手を逃れようと暴れまくる。

が、百合が逃がすはずもなく、手早く後ろ手に手錠をはめると、

「行くぞ」

と彼女を抱えるようにして歩き始めた。

「他にもテロリストがいるやもしれません。総理には至急専用機を降りていただく必要があるかと思います」

呆然と状況を見やっていた第一秘書に藤堂はそう告げると、拳銃を掲げたままでいた唐沢へと歩み寄り、ぽんとその肩を叩《たた》いた。

「よくやった、悠真」

「あ……」

その瞬間、唐沢ははっと我に返った顔になると、自分の手の中の銃を見、やがて視線を藤堂へと戻した。

「あの……」

「お前のおかげで総理の命は護られた」

呆然としている唐沢の肩を、藤堂はまた、叩いてやる。

「は……はい……」

頷いた唐沢の声は震えていた。これまで無我夢中で行動してきたが、やっと自分を取り戻したのだろう、と藤堂は彼の肩を抱くと、

「行こう」

と促し、専用機のドアへと向かい歩き始めた。

唐沢は押収した銃を両手でしっかりと握り締め、無言で歩き続けていた。唇を噛んでいるその顔を藤堂は見下ろし、よくやった、とまた、肩を抱く手にぎゅっと力を込めてやる。

唐沢の特殊な能力がなければ、専用機はテロリストを乗せたまま離陸、米国に到着するより前に総理の命は失われていたかもしれない。

よくやった、とまたも藤堂が唐沢の肩を抱く手に力を込めたとき、唐沢の口からぽつりと言葉が漏れた。

「ボス……僕……留学します……」

「え?」

何を言い出したのか咄嗟にわからず、藤堂が絶句し足を止める。

「アメリカに留学して、予知能力を磨きます」

唐沢もまた足を止め、藤堂を見上げながら、きっぱりとそう言い切る。きらきらと輝く彼の瞳に、酷く紅潮した頬に目を奪われてしまいながらも、藤堂はなんと答えるべきかとその場で言葉を失い、立ち尽くしてしまったのだった。

7

　藤堂らが逮捕したテロリストと共に警視庁に戻ったあと、羽田空港で専用機の乗務員たちを一人一人確認していたＳＰから、他にテロリストと思しき人物はいなかったという連絡があった。

　専用機の内部も徹底的に捜索し、爆発物などは仕掛けられていないと判明したため、数時間遅れではあったが、総理はその機で米国へと向かうこととなった。

「悠真、すごいわ。なんでわかったの？」

　姫宮も、そして星野もすっかり興奮し、唐沢にまとわりつくようにして問いかけている。

　唐沢はなんと答えるつもりなのか——空港できっぱりと留学の意志を伝えてきた彼とはその後、課長への連絡などに追われ話をする機会がなかった藤堂は、ちらと彼を見やった。もしも困っているようなら助け船を出してやろうと藤堂は考えていた。唐沢が予知能力について教官に聞かれても言わなかったことを思うと、彼はその能力を人に知られたくないのでは、と考えたためだが、唐沢は藤堂の予想に反し、おずおずとした口調ながらもその能力の説明を二人に始めたのだった。

「あの……実は僕、ときどき未来の映像が見えるんです」

「何それ、どういうこと?」

「エスパーみたいなもんか?」

「いや、そんなたいしたもんじゃなくて……」

勢い込んで尋ねてくる姫宮と星野に、たじたじとなりながらも唐沢が一生懸命説明を続ける。

「いつも見えるわけじゃないんです。その上、未来が見えるといっても、見ることができるのは、ほんの十数秒後に起こることだけなんで、特別何かの役に立つというわけじゃないんですが……」

「えー! 充分役に立ったじゃない! ってか、凄《すご》くない? 未来が見えるなんて、漫画みたい!!」

「ああ、すげえよ、悠真。特殊な才能だな!!」

姫宮と星野がますます興奮し、

「そんなことないです」

と唐沢が恐縮する。その様子を微笑みながら眺めている百合に気づき藤堂は、彼は今、どのような思いでいるのかと、じっと百合を見やった。

「今日は何が見えたの？　あのテロリストが銃をワゴンから取り出すところ？」

姫宮の問いに、唐沢が頷く。と、横から星野が、

「でもよ」

と口を挟んだ。

「悠真が叫んでから俺たちが機内に駆け込むまで、十秒以上は軽くかかったろう？」

「そういやそうね」

星野の突っ込みに姫宮が頷く。と、唐沢は相変わらず自信のなさそうな口調で、

「それが……」

と二人に向かい、言葉を続けた。

「今回に限ってはかなり先が見えたみたいで……離陸したあと、総理に食事を運ぶ際に彼女がワゴンから拳銃を取り出す場面が見えたんです……」

「離陸したあとって、随分先じゃない！　しかも食事って離陸してすぐに出ないわよね？」

「ああ、下手したら三十分……いや、一時間先の未来を見たんじゃないか？」

凄い、凄い、と姫宮と星野が騒ぐ、その様を見やりながら藤堂もまた、凄いな、と心の中で呟いていた。

やはり唐沢の能力は、訓練次第で伸ばすことができるのかもしれない。そう思う藤堂の脳

裏に、先ほど聞いたばかりの唐沢の真摯な声が蘇る。

『アメリカに留学して、予知能力を磨きます』

確固たる意志を感じさせる言葉だった。唐沢自身、己の能力を伸ばしたくなったということだろうが、果たして百合はどう思っているのか、と藤堂は視線を百合へと向ける。

百合は少し皆と離れたところに立ち、微笑みながら唐沢を見つめていた。だがその穏やかな笑顔は、唐沢が次に口を開いたとき彼の頬の上で凍りついたのだった。

「僕も初めてだったのでびっくりしました。自分ではまったく役に立たないと思ってた力がこうして役に立ったことにも驚きました。それで、決めたんです。僕、アメリカに留学します！」

「あ、あめりか⁇」

「急に何言い出すんだ？　悠真？」

姫宮と星野が仰天する声を上げる中、唐沢は二人を、そして顔を引きつらせた百合を、最後に藤堂を見やった。

真剣な表情は、専用機から降りるときに見せたものと同じだ。やはり彼の意志は固いのだろうと彼を見返した藤堂に、唐沢は小さく頷いてみせたあと、また視線を姫宮らへと移し口を開いた。

「アメリカに専門のトレーニングセンターがあって、ボスが僕を留学させようと話を進めてくれたそうなんです。だから僕、アメリカに行ってきます！」

「悠真、その話は……」

百合が言い辛そうに口を開く。その瞬間、唐沢の顔に悲しげな表情が浮かんだ。

「やっぱり反対ですか？　百合さん。でも僕は……」

「いや、お前が望むのなら反対はしない。だが……」

百合がちらと藤堂を見る。自分が頼んでその話は白紙にしてもらったと彼が考えていることがわかった藤堂は、その心配はないと伝えるため口を開いた。

「悠真、行ってこい。そして戻ってこい」

「……ボス……」

唐沢が、そして百合が、姫宮や星野が自分を見る。彼らをぐるりと見渡したあと再び視線を唐沢へと戻すと、藤堂は本来彼に言わねばならなかったことを今こそ言うべきだという思いのもと、話し始めた。

「私はこの間お前に嘘を言った。お前をこのチームに配属したのは、お前に指摘されたとおり、私の祖父を命をかけて護《まも》ってくれたのがお前の父親だったからだ。息子のお前が父親のような優れたSPを目指していると知ったとき、私の手でお前の夢を実現させてやりたいと思った。私のチームの一員として育て上げたいと……」

「ボス……」

唐沢は藤堂が話し始めたときには一瞬、傷ついた顔になったが、話が進むうちに感極まった表情となり、藤堂に一歩近づいてきた。

「そんなときにお前が予知能力を持っていることを知った。未来を予測できるなど、持ちたくても持てる力ではない。その能力を伸ばすことがSPとしてのお前にとっても、そして警察にとっても望ましい道だと私は考え、独断で専門の訓練施設を探し留学手続きも整えた。が、本来ならまずお前の希望を聞くべきだった。いくらお前によかれと思ったからとはいえ、独断で進めるべきではなかった。百合が反対したのはそのためだ。誰よりお前を思っている彼は、お仕着せの人生をお前に歩ませたくなかったんだろう」

「いや、そんな立派なモンじゃない」

と、ここで百合が頭を掻きながらそう口を挟んできたのに、藤堂も、そして唐沢や他の皆も彼に注目した。

皆の視線を浴び、百合は少し照れたような顔になると、相変わらず頭を掻きながら口を開いた。

「悠真自身の意志を尊重すべきだ、というのは大義名分で、実際は俺が悠真を手放したくなかったってだけだ。要は俺のエゴだよ。最低だよな」

「百合さん……」

唐沢が驚いたように目を見開き、百合の名を呼ぶ。彼の表情に怒りの色はなく、どこか嬉しそうに見えるのは百合の『エゴ』が唐沢にとっては喜ばしいものだったということだろう。

そう考えたのは藤堂ばかりでなく、姫宮と星野も擽《くすぐ》ったそうな顔を互いに見合わせている。なんともいえない場の雰囲気にますます照れたらしい百合が咳払いをし、言葉を続けた。

「悠真が留学を望んでいるとわかった今、エゴを通すつもりはない。幸い、留学の話は立ち消えになったわけじゃないようだし、笑顔で送り出してやる。まあ、寂しいは寂しいけどな」

最後、茶化した口調ではあったが、『寂しい』というのが百合の本心であることは、言われた唐沢だけでなくその場にいた皆がわかっていた。

「ありがとうございます……」

唐沢が辛そうな顔で頭を下げる。彼の肩を百合が叩き、姫宮や星野もまた近づき彼を囲む。皆が皆、別れを惜しんでいることから生まれたしんみりした空気が室内に流れた。

その空気を吹き飛ばす、藤堂の凜とした声が響く。

「さっき言っただろう。必ず戻ってこいと」

「……え……？」

唐沢が顔を上げ、藤堂を見る。瞳を潤ませている彼に、そして同じく自分を見つめる他のチームメンバーたちに向かい、藤堂はゆっくりと頷いてみせたあと、彼らをこの上なく喜ばせるであろう言葉を発した。

「悠真の留学期間は半年から長くて一年だ。その間、チームに増員はしない。バディ制を一旦廃止し、組み合わせはローテーションで回す」

「ボス……っ」

信じられない、というように唐沢が目を見開いたが、その目からは大粒の涙が零れ落ちた。

「藤堂……」

職場では『ボス』と呼ぶことを徹底しているはずの百合もまた呆然とした顔で藤堂を見たが、すぐに唐沢の涙に気づいたらしく、視線を彼へと向け、両肩を摑んで揺さぶる。

「よかったな、悠真！」

「う……っ……うう……っ」

唐沢の涙は止まらないようで、声を発することもできずに泣きじゃくっている。彼を、そして彼を励ます百合を、微笑ましい思いで見やった藤堂は、視線を姫宮と星野へと移し、自分の決定への了解をとった。

「負担は増えるが、チームのためだ。納得してくれるな？」

「勿論！　悠真は仲間ですもの！」

「おう。たまには姫以外とバディを組むのも悪くないしな」

「何よ、それ！　あたしに不満があるって言うの？」

姫宮と星野が明るく騒ぐのに、百合が笑い、唐沢が泣きながら二人に頭を下げる。

「あ、ありがとうございます……っ」

「あー、もう泣かないで。頑張んなさいよ」

「そうそう、一年先の未来まで見通す勢いで頑張れ！」

姫宮と星野が唐沢の背を叩き、激励する。

「馬鹿ねえ。一年先じゃあ、護衛には役に立たないじゃないの」

「違いない」

百合も加わり、室内に笑いが溢れる。唐沢も涙を拭いながらも笑っていた。

これでよかったのだ——チームの皆を見つめる藤堂の胸に、偽りのない思いが溢れてくる。

と、そのとき彼は視線を感じ、ゆっくりと背後を振り返った。

「…………」

その場には、常に藤堂を見守っている篠が佇んでおり、よかった、というように藤堂に微笑みかけてくる。

ああ、と藤堂も頷くと、じっと彼を見返した。あまりに凝視したせいか、篠がめずらしくも動揺した素振りを見せる。

そんな彼に改めて微笑みかけたあと、藤堂は視線を再び、わいわいと騒ぐ彼の部下たちへと戻した。

今まで藤堂は篠の視線を、特段感じたことはなかった。それは篠が自分を常に見つめていることが当たり前になっていたためで、いわば空気のような存在であったのが理由であろうと気づくのと同時に、もう一つ、藤堂の胸に生まれた思いがあった。

篠が空気のような存在であるのは、彼がそうなろうと努力した賜《たまもの》である。常にひっそりと、それこそ影のように寄り添い自分を見守ってくれていたその胸の中には自分への熱い想いが滾っていたというのに、その想いをひたすらに彼は隠し通してきた。

知れば自分が困ると思ったのだろう。それがいかに忍耐を伴うものであったかは、同じく忍ぶ恋をしていた藤堂には痛いほどにわかった。

忍ぶ恋心の対象であった百合が、今藤堂の前で彼の恋人である唐沢と目を見交わし微笑み合っている。その姿を見ながら藤堂は篠もさぞ辛かったのだろうと考え——その『辛さ』が今、己の胸に込み上げてこないことを再確認していた。

以前の自分であったなら、仲睦《なかむつ》まじい百合と唐沢の様子を前にし、こうも穏やかな心情でいられるわけがない。さぞ嫉妬に苛まれただろうに、二人を温かく見守ることができているのはなぜなのか——その理由もまた、藤堂はこの瞬間に察していた。

「よし、今日は悠真の壮行会だ！」

星野が高い声を上げ、皆に賛同を求める。

「ちょっと気が早いんじゃない？」

「何回もやればいいさ」

姫宮と百合がそう応え、皆の視線が藤堂へと集まった。

「場所は水嶋さんの店ではどうだ？」

藤堂が賛同したのに、皆がまたわっと盛り上がる。

「すぐ予約するわ！」

「ああ、頼む」

言葉どおり、すぐに携帯電話をポケットから取り出した姫宮に、藤堂は笑顔で声をかけ、百合を始め笑顔を浮かべる皆の顔をぐるりと見渡し、大きく頷いてみせたのだった。


その夜、水嶋の店はまた貸し切り状態となり、飲めや歌えの大騒ぎとなった。

明日は内勤ということもあり、また、留学期間は半年か長くて一年とはいえ、皆、唐沢と離れ離れになるのは寂しいようで、その寂しさを紛らわせるためワインボトルが次々と空けられるにつれ、酒に弱い者順にばたばたと意識を失っていった。

最後に残ったのはいつものように藤堂と百合、そして篠の三人だった。そろそろお開きということで篠は酔い潰れた皆のためにタクシーを手配しに行き、藤堂と百合は二人、グラスにワインを注ぎ合い飲み続けていた。

「……いろいろ、悪かった」

ぼそりと百合が謝罪の言葉を告げ、藤堂に頭を下げる。

「……謝るのは私だろう」

藤堂はそう答え、百合のグラスにワインを注いだ。

「なぜだ？　どう考えても俺だろう」

百合が驚いたような顔をし、藤堂からボトルを取り上げると彼のグラスにワインを注ぐ。

「……本当に恥ずかしいよ。悠真が、悠真がと、さも彼のことを思いやっているようなことを言いながら、実際は俺自身が奴と離れたくなくて反対してたようなもんだからな。留学話がまだ生きていて本当にほっとした。こうなることを見越してたのか？」

「いや、違う」

あまりにもいいように解釈をしてくれる百合に、藤堂は思わず苦笑した。

「違う？」

「ああ、警護課長に留学の件はなかったことにしてほしいと言いに行きはしたんだ。だが今更白紙に戻すなどできるわけがないと、けんもほろろに追い返された。上層部にも特殊ケースとして話が通ってしまったあとだったからな。だから白紙に戻ってなかったというだけのことだ」

「……そうか……」

赤裸々に内情を打ち明ける藤堂に対し、百合は驚いたような顔をしていたが、相槌だけ打つとワイングラスを口元へと運んだ。藤堂もまたグラスに口をつける。

百合が驚いているのは、今まで自分が彼に対し弱みを見せたことがないためだろうと藤堂は察していた。

嫌われたくない——恋愛感情を持ってほしいという希望は、最初から抱いていなかった。嫌われたくないという思いから藤堂は百合の前では常に完璧であろうとした。

尊敬に足る人物でありたい、常に彼とは肩を並べていたい。

その思いがいつも胸にあったな、と過去を振り返る藤堂の口から、ふっと笑みが漏れる。

「どうした？」

不意に笑った藤堂を訝り、百合が問いかけてくる。そのとき藤堂の口から、自分でも思いもかけない告白が漏れていた。

「私はお前の思っているような男じゃない。悠真の留学話を進めたのも、嫉妬心からだ」

「……え？」

百合が戸惑いの声を上げ、藤堂の顔を覗き込んでくる。その彼を真っ直ぐに見返し藤堂は、笑顔のまま長年胸に秘めてきた想いを打ち明けた。

「私はお前が好きだった。友人としてではなく、恋愛の対象として」

「…………」

百合は相当驚いたらしく、目を見開いたまま言葉を失っている。やっぱり気づいていなかったのだな、と藤堂は笑い——それを笑える自分を頼もしく思いつつ、言葉を続けた。

「安心していい。もうその気持ちには踏ん切りがついたから、こうして打ち明けてるんだ」

「……藤堂……」

百合がおずおずと名を呼ぶ。藤堂は微笑んだまま、彼のグラスに酒を注いだ。

「気づかなかっただろう?」

「……ああ。まったく……」

百合が呆然として頷くのに、やはりな、と藤堂は苦笑し、続いて自分のグラスにもワインを注いだ。

「辛い恋だった。一生打ち明けるつもりはなかったが、不思議なもんだな。気持ちが吹っ切れたら、口にするのがなんでもなくなった」

「お前はなんでもなくてもな……」

百合が困り果てたような顔でワインを飲み干す。

「そりゃそうだな」

言われたほうは困るだろう、と吹き出した藤堂は、百合がじっと自分を見つめていることに気づき、視線を彼へと戻した。

「困らせるつもりはない。ただ、悠真の留学について、謝るべきは私だと言いたかっただけだ」

　藤堂はそう言うと、空になった百合のグラスにワインを注ぎ、自身のグラスにも注いでからグラスを手に取った。

「これからもよろしく頼む。友人として。そしてチームの一員として」

「ああ」

　百合もまたグラスを持ち上げたあと、チン、と藤堂のグラスにそれをぶつけ、一気にワインを飲み干した。藤堂もまた一気に飲み干し、二人は顔を見合わせ笑い合う。

「しかし驚いた。心臓止まるかと思ったぜ」

「驚いてもらわないと困る」

　笑い話にすることを藤堂が望んでいるのがわかったのだろう、百合があえて話を蒸し返すのに、藤堂が笑って答える。

「人生最大の驚きだったよ」

「だろう?」

　互いのグラスをワインで満たし合い笑い合う。恋は成就しなかったが、かけがえのない友を失わずにすんだことを、藤堂は心の底から嬉しく思っていた。

「お前は俺の親友だ」

　藤堂の気持ちが伝わったかのように、不意に真面目《まじめ》な顔になった百合がそう言い、藤堂に向かい右手を差し出してくる。

「私もそう思っている」

その手を握り返す藤堂の胸には熱いものが込み上げていたが、それは醜い嫉妬心とは真反対の、告白を聞いて尚、今までと変わりなく付き合っていこうと言ってくれる百合への感謝の思いだった。


それから間もなくして皆、篠の呼んだタクシーに分乗し、帰路につくことになった。

「それじゃな」

当然のように百合は意識のない唐沢を抱き上げ、同じタクシーに乗って帰っていった。

彼らに続き、ようやく意識を取り戻した姫宮とは家が近所の星野が一台の車で帰っていく。

藤堂は篠と共にタクシーに乗り込んだ。いつものように篠は助手席に乗りたいと運転手に告げ、それを横目に藤堂は一人後部シートに乗り込んだ。

運転手は、乗客は二人なのに、と訝しそうな顔をしたが、文句を言うまでには至らなかったようで、助手席の荷物を片づけ車を発進させた。

飲みすぎた、と藤堂が溜め息をつき、車窓を見やる。

「大丈夫ですか」

途端に助手席から篠が声をかけてきたのに、藤堂は「大丈夫だ」と答えると、振り返った篠をじっと見つめた。

「何か」

篠が戸惑った顔になりつつも、藤堂をじっと見返す。

「いや……」

実際、藤堂には『何か』話があったのだが、車中ですることもないかと思い直し、首を横に振った。

「…………」

再び藤堂が車窓を流れる風景を眺め始めると、篠は前を向き、運転手に道順を説明し出した。彼の低いがよく通る声を聞きながら藤堂は、帰宅後のことをずっと考えていた。

時刻は深夜を回っていたため、たいした渋滞もなくタクシーは藤堂の自宅へと到着した。

運転手が大邸宅ぶりに驚き、きょろきょろとあたりを見回している。金を払い篠が降車するより前に藤堂も開いていた自動ドアから降り立ち篠を待った。

篠が門を開き、建物内へと入っていく。藤堂が彼を『待った』のは何も篠に門や玄関を開けさせるためではなく、彼と話がしたいためだった。

が、篠はそんな藤堂の気持ちを察してはいなかったようで、玄関を入ると彼に深く一礼し、自室へと辞そうとした。

「それではおやすみなさいませ」

「諒介」

名を呼ぶと篠は、はっとしたように顔を上げ、藤堂を見る。

「はい」

「……部屋で飲み直さないか？」

帰宅までの車中で藤堂は、篠に対しどう話を切り出すかを考え続けていた。が、とうとう思いつかず、それで仕方なく彼は篠を酒に誘うことにしたのだった。

「……はい……」

篠の答えが一瞬遅れる。それは藤堂の誘いを迷惑に感じたからという理由ではなく、藤堂が随分と酔っていることを気にしたためだと思われた。

それを証拠に篠は、

「まだお飲みになるのですか？」

と心配そうな顔で藤堂に問いかけてくる。

「少しな」

そんな彼に藤堂はそう笑いかけると、自室へと向かって歩き始めた。篠があとに続く足音が彼の耳に響く。

自分がこれから何をしようとしているのか、藤堂はしっかりと自覚していた。決して酔った勢いではないし、別に自棄《やけ》になっているわけでもない。

考えに考えた末の行動を今、自分は取ろうとしているのだと自身に言い聞かせる藤堂の鼓動は早鐘のように脈打ち、白皙《はくせき》の美貌を誇る彼の顔は今、これから為すべき行為を思い酷く紅潮していた。

8

自室へと入ると、篠は藤堂の『飲み直そう』という言葉に従い、サイドボードへと酒の用意をしに向かった。

「諒介」

そんな彼の背中に藤堂が声をかける。

「はい」

篠はすぐに振り返り、藤堂のもとへとやってきた。少しの酔いも感じさせない彼の冷静な顔を前に、藤堂が口籠る。

篠は酒には強いほうであったが、チームの飲み会の際にはほとんどアルコールを口にしないのだった。その理由は一つであり、藤堂を無事に家まで送り届けるためなのだが、自分が酷く酔っている自覚があるだけに藤堂は、ほぼ素面の篠に対し、話をすることを少し躊躇してしまったのだった。

黙り込んだ藤堂の前で篠は暫し佇んでいたが、やがてにっこりと微笑むと、

「お水を持って参りましょう」

と告げ、藤堂の部屋に備えつけの冷蔵庫へと向かっていった。

「諒介」

その背を再び藤堂が呼び止める。

「はい」

振り返った彼に向かい藤堂は、またも言葉を告げかけたのだが、いざ口に出そうとすると躊躇われてしまう。

じっと藤堂を見返す篠の、相変わらず美しい瞳を前に藤堂は、最後の逡巡をしていた。告げねば、という決意に迷いはない。が、実際告げようと思うと、なんと表現したらいいのか迷った。

どうしよう、と言いよどむ、それを篠は藤堂が酷く酔っている表れだと取ったようで、ふっと微笑むと前を向き、再び水を取りに冷蔵庫へと向かおうとした。

「諒介、私を抱いてくれ」

何か言わねば、という焦りが藤堂の口を開かせた。が放たれた言葉は、藤堂自身をも戸惑わせる直接的なものだった。

「な……っ」

常に感情を面に表さないのがデフォルトとなっていた篠も、唐突な藤堂のこの言葉には相当驚いたらしい。振り返った彼の顔には驚愕がこれでもかというほど表れていた。

「……祐一郎様……」

呆然とした顔で名を呼んだ篠は、だが次の瞬間には、はっと我に返った素振りをし、藤堂に対し深く頭を下げて寄越した。

「……どうかお忘れください……生涯、告げるつもりはありませんでした」

「いや、そうじゃない」

篠の言葉を聞き、藤堂が慌てて否定の言葉を口にしたのは、篠の勘違いを正したかったためだった。

「別に私は、私のことを好きだと言ったお前に同情したわけではない。それにあのとき謝罪はしたが、お前への罪悪感から、今、抱いてほしいなどと言い出したわけでもない」

「祐一郎様……」

篠が顔を上げ、藤堂を見る。彼の目の中に戸惑いの色と共に、払拭《ふっしょく》し切れぬ罪悪感を見出した藤堂の胸には、自分でも驚くくらいのやるせなさが溢れてきた。

自分に愛を告白したことを篠が悔いている。それが酷くやりきれなかった。篠の罪悪感は、代々続く主従関係からくるものだとわかるだけに、二人の間に上下の隔たりなどないのだ、と言ってやりたいと思った。

　加えて藤堂は、自分には篠にこうも深く大きな愛情を注がれる価値があるとはとても思えなかった。嫉妬に我を忘れ、人を——篠を傷つけるような行動をとる自分を、本当に篠は愛してくれているのか、それを確かめたい気持ちもあった。

　さまざまな思いに突き動かされ、藤堂は再び口を開いた。

「……お前は私を愛していると言ってくれた。私が何を思おうと、何をしようと愛してくれていると……」

「……祐一郎様、それは……」

　忘れてほしいと言ったではないか、と篠が言葉を挟もうとする。その彼に一歩を踏み出し、藤堂は己の胸に溢れる思いをわかってほしいと熱く訴え続けた。

「私は忘れない。忘れたくない。なぜお前はあの言葉を取り消そうとするのだ。私にその価値がないと気づいたからか？」

「祐一郎様」

　とんでもない、というように篠が首を横に振る。彼はそう思いはすまいと藤堂にもわかっていた。が、藤堂自身、自分には篠に愛される価値などないのだという考えを捨てられず、その思いをそのまま篠へとぶつけていった。

「お前もわかっているだろう？　私は実に卑小な人間だ。嫉妬にかられたあまり己の立場を利用し、愛する恋人同士を引き裂こうとしていた。そんな自分を嫌悪してお前に当たり散らし、お前の想いを知っていながら、抱くなら抱けなどと、酷い言葉をぶつけてしまった」

「そんなことはございません」

否定する篠の言葉に被せ、藤堂が声を張り上げる。

「そんな醜い心を持っている私でも、本当に愛してくれるか？　世間の皆が言うような聖人君子でも完璧な人間でもない、そんな私でも、お前は愛してくれるのか？」

「祐一郎様……っ」

いつしか藤堂の目からは熱い涙が迸《ほとばし》り出ていた。藤堂の求める言葉は一つ、その一言を求め、彼は篠に向かい一段と高く叫んでいた。

「言ってくれ。本当にお前は私を愛しているか？」

「愛しています！」

藤堂の声以上に声を張り上げた篠が、藤堂へと駆け寄ってくる。藤堂もまた彼に駆け寄り、篠の胸に飛び込むとその背をしっかりと抱き締めていた。

「愛しています……愛しています。物心ついたときからずっとあなただけを見つめてきました」

しっかりと藤堂を抱き締め返しながら、篠が熱に浮かされたような口調で、耳元に囁き続ける。低くよく響くその美声は聞き慣れていたはずのものなのに、そのときの藤堂の耳には彼の声が酷く扇情的に響いていた。

「同性同士、しかも私はあなたにお仕えする身、そのような想いを抱いてはいけないと己を律し続けてきました。が、あなたを愛する気持ちはどうしても消し去ることはできなかった。誰にも、何よりあなたに気づかれぬよう想い続けるしかない、そう考えていたのに、こうしてあなたに打ち明けることができるとは……夢のようです……」

「夢ではない……」

そう言い、藤堂は篠の胸に埋めていた顔を上げると彼をじっと見つめ、今己も望み、そして彼も望んでいるであろう言葉を口にした。

「夢などではないから、どうか抱いてほしい。お前の愛を私に見せて……感じさせてほしい」

「祐一郎様……」

呆然とした顔で藤堂を見下ろしていた篠の口から、ぽろりと言葉が漏れる。

「……夢を……見ているようです」

「夢ではないと言っているだろう」

くすっ、という笑いが藤堂の口から零れ、再び彼は顔を篠の胸に埋めた。その背を篠がしっかりと抱き締める。

「夢ではないのですね……」

耳元でそう呟く篠の声は、やはり呆然としていた。夢ではない、現実だと知らせてやりたくて——そして『抱いてほしい』という己の思いを改めて伝えたくて、藤堂は篠の背に回した両手にぎゅっと力を込めたのだった。

寝室へと移動したあとも、篠はどこか呆然とした顔をしていた。が、藤堂が服を脱ぎ始めると、思い詰めた顔で声をかけてきた。

「祐一郎様、本当によろしいのでしょうか」

「ああ」

頷いてから藤堂は、彼には自分の気持ちをまだ伝えていなかったことに気づいた。

「…………」

だがそれを説明しようにも、藤堂自身が己の心をよく把握していない、と脱衣の手を止める。

篠に抱かれたいと思った気持ちに嘘はなかった。彼の想いに応えたいと思ったのも藤堂にとっては真実である。

その理由は——と藤堂は考え考え、篠に言葉を告げていった。

「……お前の愛に触れ私は自分の抱いていた『恋心』は愛ではない、と気づいた。愛とは相手の幸せをまず一番に考えるべきものだ。そう察したとき、私は捕らわれていた恋から解放された気がした」

「…………」

篠はその場に立ち尽くしたまま、藤堂の話に耳を傾けていた。俯く彼の顔はやはり思い詰めているように見える。その表情を和らげたい、笑顔を浮かべてほしいと思う、その気持ちを伝えたくて藤堂は、考え考え言葉を続けた。

「幼い頃から片時も離れず過ごしてきたというのに私はお前の想いに気づかなかった。そのお前から『愛している』と告げられたとき、こんな私でいいのだろうかと思いながらも、そのことを嬉しく感じる自分がいた。お前の想いを全身で受け止めたいと願う、自分がいたんだ」

「祐一郎様」

一生懸命考えながら綴《つづ》っていた言葉を、篠の感極まった声が遮る。

「……抱いてくれるか？」

藤堂がそう問いかけたとき、篠は涙を堪えるような顔で微笑み、ゆっくりと彼に歩み寄ってきた。

抱き締められ、唇を塞がれる。そのまま篠はそっと藤堂を傍らのベッドへと押し倒していった。

「ん……」

くちづけを交わしながら篠が器用な、そして丁寧な手つきで、先ほど脱ぎかけた藤堂の服を脱がしていく。それに身を任せながら藤堂は、己の身体がすでに火照りつつあることに戸惑いを覚えていた。

キスをしているだけなのに、早くも鼓動が速まり、肌が熱していく。あまりにも安易に性的興奮を覚える自分に動揺していた藤堂を全裸にしたあと、篠は自分も身体を起こし、手早く服を脱ぎ捨てた。

「……あ……」

寝室の明かりを消し忘れていたため、煌々《こうこう》と灯る電気の下、篠の見事な裸体があますところなく藤堂の目に飛び込んでくる。

毎朝の稽古のあとに共に入浴しているが、そのときには何も感じなかった篠の逞しい胸や長い脚を眺める藤堂の鼓動が更に速まる。

篠の逞しい雄がすでに勃ちかけているのに気づいたとき、藤堂の興奮は増し、思わずごくりと喉を鳴らしてしまっていた。

「…………っ」

なんとはしたないことを、と慌てて藤堂は篠の裸体から目を逸らせる。篠もまた少し恥ずかしそうな顔をしたものの、すぐにベッドに横たわっていた藤堂に覆い被さり、唇を塞いできた。

「ん……」

きつく舌を絡め合うくちづけを交わしながら、藤堂が篠の背に両手を回そうとする。それより早く篠は手を藤堂の胸へと這《は》わせると、掌で彼の乳首を擦《こす》り上げてきた。

「んんっ……」

びく、と藤堂の身体が震え、腰が捩れる。腰は篠が指先で乳首を摘まみ上げ、きゅっと抓り上げてきたとき、更に捩れることとなった。

「や……っ……」

篠の唇が藤堂の唇を離れ、首筋を伝って指が弄っていないほうの乳首へと辿り着く。ちゅう、と強く吸われたあとに、ざらりとした舌で舐め上げられたのに、藤堂の口から甘い吐息が漏れた。

「あっ……」

なんという声を、と思わず両手で己の口を押さえた藤堂の顔を、篠が見上げる。

「……声を上げられるのを、我慢されなくてもよろしいですよ」

そしてにっこりと微笑みそう告げると、再び彼は藤堂の胸に顔を埋め乳首を舌先で転がし始めた。

「あっ……やっ……あぁっ……」

我慢しなくてもいい、と言われたとはいえ、羞恥が勝った藤堂はやはり声を堪えようとした。が、両胸を指で、唇で、舌で、ときに軽く歯を立てられて攻められるうちに、堪えきれなくなった声が彼の唇から漏れ出し、自身の興奮をも昂めていった。

篠の唇が胸から今度は腹を滑り、藤堂の下肢へと辿り着く。藤堂の両脚を広げて膝を立たせた状態で、すでに勃ち上がっていた雄を篠が口に含んだとき、藤堂の口から我ながらあられもないと恥じ入るような高い声が漏れた。

「あぁっ」

篠の口の中で藤堂の雄が一気に硬さを増し、今にも達しそうなほどの欲情に襲われる。篠の舌が先端に絡みつき、尿道を舌先で抉りながら竿を扱き上げられたのに、藤堂は本当に達しそうになり、ぎゅっとシーツを握り締めた。

「やっ……あぁっ……あっ……あっ……あっ……」

それがわかったのか、篠はぎゅっと藤堂の根元を握り締めると、先端に再び舌を這わせ、くびれた部分を舐り始めた。

もう片方の手で睾丸《こうがん》を揉《も》みしだき、竿に滴り落ちる先走りの液を塗り込めるように扱き上げていく。

「あぁ……っ……もうっ……あっ……あっ……」

我慢できない、と藤堂は激しく首を横に振った。白いシーツの上で彼の裸体が淫《みだ》らにくねり、唇からは高い声が漏れ続ける。

「いく……っ……あぁ……っ……もう……っ……もうっ……」

達してしまう、と無意識ではありながらも訴えていた藤堂だが、根元をしっかりと握られているため射精できない。

もどかしさが藤堂の腰を更にくねらせ、声のボリュームを更に上げさせていたのだが、そのとき竿を扱いていた篠の指がすっと後ろへと回り、蕾《つぼみ》をこじ開けるようにして中へと入ってきたのに、彼の身体は一気に強張ることとなった。

「……え……」

全身に苦痛でしかなかった篠の行為の記憶が蘇ったのがわかったのか、篠が身体を起こし藤堂に問いかけてくる。

「祐一郎様……大丈夫ですか?」

「ああ」

心配そうに問う篠に、藤堂は笑顔で即答していた。それでも頬が引き攣ってしまった藤堂を篠は尚も心配し見つめてきたのだが、そんな彼に対し藤堂は両脚を大きく広げ笑いかけた。

「……抱いてくれ」

「祐一郎様……」

篠が感極まった声を上げたあと、わかった、というように深く頷き、再び藤堂の下肢に顔を埋めようとする。

「痛くはいたしませんので……」

言いながら篠は自身の指をまず咥えて湿らせると、続いて藤堂の雄を口へと含みながらその指をそっと後孔へと挿入させてきた。

「ん……」

やはり違和感があるため、藤堂の身体は強張ってしまったのだが、篠が口淫を始めると強張りは次第に解《ほど》けていった。

「ん……っ……んん……っ……」

篠は藤堂の雄を口で、手で攻め立てながら、後ろに入れた指をゆっくりと動かしていく。その指が入口近いところにあるコリッとした何かに触れたとき、ふわ、と全身が浮くような感覚に襲われ、藤堂は思わず声を上げた。

「……え……?」

得たことのない感覚に戸惑っている藤堂の顔を、雄を咥えたまま篠はちらと見上げると、指でその部分を執拗《しつよう》に押し続ける。

「え……っ……あ……っ……なに……っ……」

気持ちのいいような悪いような、よくわからない感覚に、藤堂の口からは戸惑いの声が漏れていたが、次第にその声は先ほど以上に淫らに高く、切羽詰まっていくこととなった。

「あっ……あぁっ……あっ……あっ……あっ」

前を、後ろを休みなく弄られ続けるうちに、『よくわからない』感覚ははっきりと『欲情』という姿を現していった。すでに藤堂の雄は勃ちきり、今にも達してしまいそうになっている。後ろを抉る指の本数もいつしか二本から三本へと増えていたが、もう彼の身体は強張ることなく、易々《やすやす》と指の侵入を受け入れていた。

「あぁ……っ」

前後から一気に刺激が消えたのに、藤堂の口からもどかしげな声が漏れる。いつの間にか閉じていた目を開けた藤堂は、身体を起こした篠が自身の両脚を抱え上げている姿を見出し、にっこりと微笑みかけた。

「……きてくれ……」

腰を上げさせられたせいで露《あら》わにされた後孔は、篠の雄の挿入を待ちわびるかのようにひくひくと激しく蠢《うごめ》いていた。

「……はい……」

篠がまた感極まった声で返事をし、頷いたあとに勃ちきった彼の雄の先端をゆっくりとねじ込ませてくる。

「ん……っ」

指とは比べものにならない太さに、一瞬藤堂の身体は強張りかけた。が、篠が、

「大丈夫ですか」

と問いかけてきたときには、彼は大きく息を吐き出し自ら強張りを解くと、

「ああ」

と笑顔で頷いてみせた。

「……祐一郎様……」

篠が感激を声に滲《にじ》ませ、藤堂の名を呼んだあとに「いきます」と声をかけ、ゆっくりと雄を挿入させてきた。

「ん……んん……っ」

ずぶずぶと篠の雄が藤堂の中へと入ってくる。

狭道をゆっくりと雄が進んでいくが、痛みは覚えなかった。亀頭《きとう》が内壁を擦りながら奥へと向かっていく際摩擦熱が生まれ、その熱が次第に全身へと広がっていく、そんな感覚に藤堂は陥っていた。

やがてぴた、と二人の下肢が合わさったのに、藤堂は篠を見上げ、にこ、と笑いかけた。

篠もまた藤堂を見下ろし、それは嬉しげに微笑み返してくる。

「……一つになったな……」

藤堂の言葉を聞き、篠の笑みはますます嬉しげになった。

「夢のようです……」

またも彼の口からその言葉が漏れたのに、藤堂は思わず吹き出し、首を横に振る。

「夢ではない……」

「はい」

篠もまた笑ったあと、改めて藤堂の両脚を抱え直すと、

「動いてもよろしいでしょうか」

と問いかけてきた。

「ああ」

勿論、と藤堂が頷いたと同時に、篠がゆっくりと突き上げを始める。次第にそのスピードは上がり、ついには二人の下肢がぶつかり合うときにパンパンと高い音が響くほどの勢いとなる頃には、藤堂はすっかり昂まりきり、高く喘いでしまっていた。

「あぁっ……いい……っ……いい……っ……諒介……っ……」

名を呼ぶと更に篠の律動のスピードが上がり、彼の逞しい雄が藤堂の奥底を抉る。

「もうっ……ああっ……もうっ……もうっ……いく……っ」

苦痛しか感じなかった先日の行為が嘘のように、今、藤堂は快楽の絶頂にいた。延々と続く快感に恐怖に似た思いを抱きながらも、更なる快感を求め自ら腰を動かす。無意識の所作ではあったが、それが篠の興奮を嫌というほど昂めたようで、篠の動きはますます激しく、スピーディになっていった。

「あぁっ……いかせて……っ……いかせて……くれ……っ」

いよいよ限界を感じた藤堂が、ほぼ意識のない状態ではあったがそう篠に訴える。

「はい」

篠はすぐに気づくと、激しい腰の律動はそのままに、藤堂の片脚を離し、その手で彼の雄を勢いよく扱き上げた。

「あぁっ」

藤堂が達し、篠の手の中に白濁した液を勢いよく飛ばす。

「……くっ……」

射精を受け、藤堂の後ろが激しく収縮し篠の雄を締め上げたのに、篠もまた達し、藤堂の中に精を放った。

「……あぁ……」

ずしりとした精液の重さを感じた藤堂の口から、満足げな吐息が漏れる。

実際彼の胸は今、満ち足りた思いで溢れていた。はぁはぁと整わない息の下、篠を見上げて微笑んだ彼に、篠がやはり微笑みながら掠れた声で愛の言葉を囁いてくる。

「……愛しています……祐一郎様……」

「ああ」

それを聞いた瞬間、藤堂の胸には、幸福感としか言いようのない想いが満ち満ちてゆく。

おそらくこの想いこそが『愛』というものなのであろうと思いながら藤堂は、そっと唇を落としてきた篠の背をぎゅっと抱き締め、己の胸に溢れる『愛』を篠へと伝えようとしたのだった。

エピローグ

『祐一郎様をお守りするのは僕です。命に代えても必ず……っ』

幼い日の篠が熱く訴えかけてくる、その背をしっかりと抱き締めながら、僕は逆に彼に訴えかけた。

『大丈夫だ。僕は強くなる……強くなるから』

『僕も強くなります。祐一郎様をお守りするために、強く……強く……』

いつしか抱き合って泣いていた僕と諒介を、満開のツツジが囲む。

『強くなるから……っ』

『強くなります……っ』

「……あ……」

懐かしい日々を夢見ていた私は、目覚めた瞬間、小さく声を漏らした。

「……喉が渇かれたのでは……？」

隣で寝ていた諒介が身体を起こし、目を開いた私に問いかけてくる。

「……夢を見た」

二度、三度互いに達したあと、意識を失ったまま眠りについてしまったらしい。ようやくはっきりとした頭で私は今の状況をそのように判断すると、諒介の問いには答えずに、そう呟いていた。

「夢ですか？」

諒介は私がまだ寝ぼけていると思ったようだ。顔を見ればそれがわかるが、彼は私に指摘することなく、話を合わせてきた。

そうも気を遣う必要はないのだ、と言ってやりたいが、言ったところですぐには直るまい。ゆっくり——そう、ゆっくりとお互い、変わっていけばいいのだ。少しの遠慮もない関係になるにはしばらくかかるだろうが、焦ることはないだろう。

物心ついたときから傍にいた彼とはこの先、互いの命が尽きるときまで共に過ごしていくのだから、という確信が私の胸に芽生える。

思えば幼い頃から——彼の祖母が亡くなったあの頃から、我々は互いを思いやっていた。

夢に見た光景を思い出していた私の心に、ふと悪戯心が生まれた。

「『青い鳥』の童話を覚えているか？」

「はい？」

夢の話から唐突に話題が童話へと飛んだのに、諒介は戸惑いを覚えたようで、らしくなく戸惑いを顔に表し、私を見返してきた。

「メーテルリンクの『青い鳥』ですか」

確認をとる彼に私は「そうだ」と頷きながら手を伸ばし、上体を起こしている彼の腕を摑み、再び横たわらせようとする。

私の望みどおり再び傍らに横たわった彼の胸に身体を寄せると、諒介は戸惑いながらも私の背に両手を回してくれた。

温かな彼の体温が、頬を寄せた逞しい胸から伝わってくる。

「『青い鳥』がどうなさったのですか？」

満ち足りた気分に酔いながら目を閉じた私の耳に、諒介の声が響く。

「……私も『幸福』に気づくのに、随分と時間がかかったと思っただけだ」

幼い頃から私の『幸福』はごく近いところにあった。そう言いたい私の気持ちは諒介にはめでたく伝わったようだ。

「……祐一郎様……」

愛《いと》しげに私の名を呼び、背をぎゅっと抱き締めてくれる。

彼の腕の力強さにますます幸福感を煽られながら、私もまた彼の背を——私の『青い鳥』の背を、ようやく得ることとなった『幸福』を二度と離すまいという思いを込め、しっかりと抱き締め返した。

誤解

「なんだと?」

行為のあと、藤堂《とうどう》をその逞《たくま》しい胸に抱き寄せた篠《しの》が、「明日の朝稽古《あさげいこ》はなさいますか?」と聞いてきたのに、藤堂は「勿論《もちろん》する」と即答した。

篠の問いかけが、今まで激しい突き上げを受け、息も絶え絶えになっていた藤堂の身体《からだ》を思いやっての発言であるとは、勿論藤堂とてわかっていたが、前夜セックスをしたからといって習慣にしている稽古を休むことなど真面目《まじめ》な彼にできようはずがない。

藤堂がそう答えるであろうことは篠も予測していたようで、すぐに「わかりました」と頷《うなず》いたのだが、そのあと彼は藤堂が眉《まゆ》を顰《ひそ》めるようなことを言い出し、それで藤堂はそんな棘《とげ》のある声を上げてしまったのだった。

「……ですから、稽古のあとの入浴は、当分ご一緒するのを控えたいと思いまして……」

酷《ひど》く言い辛《づら》そうに先ほどと同じ言葉を口にする篠の胸に手をつき藤堂は上体を起こすと、

「なぜだ?」

と彼を見下ろした。

「それは……」

篠もまた身体を起こし藤堂と目線を合わせたものの、何を逡巡《しゅんじゅん》しているのか言いよどむ。

そんな彼を見つめる藤堂の胸に、やるせないとしか言いようのない気持ちが溢《あふ》れてきた。

篠がいきなり入浴を別にしたいなどと言い出した理由は、タイミング的に考えても二人の関係が変化したせいだと——想《おも》いを通わせ合い、身体を重ねたためだと思われる。

そのことに篠は抱かなくてもいい罪悪感を抱いているのではないか。それを藤堂は案じていた。

確かに、藤堂家と篠家の間には何代にもわたる主従関係がある。だが、藤堂は篠を決して『従者』とは思っていないし、篠にも自分を『主人』と思ってほしくなかった。

我々は対等な関係なのだと、幼い頃より藤堂はことあるごとに篠に対しても周囲に対してもそう言い続けてきたのだが、そのたびに篠は困ったような顔で微笑《ほほえ》み、

『ありがとうございます』

と礼を言っては、さりげなく話題を他《ほか》へと逸《そ》らすのだった。

彼のそういった行動から藤堂は、篠には自分たちが『対等』という考えはないのだろうと察さざるを得なかった。そのことに対し藤堂はもどかしい思いを抱きはしたが、それぞれの家の歴史の長さを考えると無理もない、と自身を納得させ、時間をかけて『対等』な関係を築き上げればいいことだと考えるようにしていた。

が、こうして想いを通い合わせた今、『時間をかけて』などと悠長なことは言っていられなくなった、と藤堂は改めて篠を睨《にら》んだ。

「……祐一郎様《ゆういちろう》……」

怒りを露《あら》わにしている藤堂を前にし、篠がおずおずと彼の名を呼ぶ。どうも自分の怒りの原因がわからぬようだと察した藤堂は、わからぬのなら、と彼を睨みながらも口で説明してやることにした。

「……なぜ、入浴を別にしたいなどと言い出したのだ？　一体お前は何に気を使っている？」

「……っ」

藤堂の問いに篠は、はっとした表情を見せたが、すぐに深く頭を下げ謝罪して寄越《よこ》した。

「……申し訳ありません」

「やはり気を遣ったと認めるということか？」

篠の謝罪に藤堂は酷く傷ついていた。それは篠と気持ちを通わせ合い、身体を重ね合うことができたことを藤堂自身は喜ばしく思っているが、篠の思いは同じではないと思い知らされたためだった。

身分が違う、畏《おそ》れ多い——そんな気持ちをまだ抱かれているのだとしたら、やるせないにもほどがある。

遠慮など必要ないのだ。なぜそれが篠にはわからないのだろう。苛立《いらだ》ちすら覚え始めていた藤堂は、篠がそれまで共に入っていた風呂《ふろ》を辞退したその動機を彼の遠慮と、そして不要の罪悪感にあると見ていた。

今までも充分遠慮していた篠は、彼思うところの『主《あるじ》』である藤堂を閨《ねや》で組み敷くことに、罪悪感を抱いているのではないか。その罪悪感が篠に必要以上の遠慮をさせているのではないか。

——という藤堂の勘は外れた。

「いえ、そうではございません」

篠が慌てた様子で首を横に振ったのである。

「それならなぜだ？　なぜ、入浴を別にするなどと言い出した？」

篠が自分に対し、嘘《うそ》をつくはずがない。しかしそうなると入浴を断る理由はなんなのだ、と、尚も厳しい目で篠を見据えた藤堂は、返ってきた篠の答えに暫し呆然《ぼうぜん》とすることとなった。

「……お恥ずかしい話ですが……その……同じ湯船に浸《つ》かるとなると、清廉の極みである朝稽古のあとだというのに、私は祐一郎様に対し、劣情を抱いてしまうのではないかと……」

「……何？」

何を言い出したのだ、と目を見開く藤堂に対し、篠は一瞬言葉を探し黙り込んだものの、すぐに心を決めたように頷くと再び口を開いた。

「……今までも入浴の際には、随分と己を律して参ったのですが、こうして肌を合わせてしまったあとでは、祐一郎様の裸体を前にし淫《みだ》らな衝動を抑え切ることができるか、その自信がないのです。どうしてもあなたとの行為を思い出し、自分を抑えきることができなくなるのではないかと……」

「……それは……」

そこまで説明されてようやく藤堂にも、篠が何を理由に入浴を辞退したかがわかってきた。わかったと同時に彼の頰《ほお》に血が上っていく。

一緒に入浴をすれば、その場で藤堂を抱きたくなってしまうかもしれない。そう告げた篠の言葉を聞き、藤堂もまた、風呂の中で行為に及ぶ自分たちの映像を頭に思い浮かべてしまったのだった。

「……本当に失礼なことを申しまして……申し訳ございませんでした」

『それは』と言ったきり俯《うつむ》いてしまった藤堂を見て篠は、藤堂が自分に呆《あき》れている、もしくはそんな自分を嫌悪していると思ったらしい。心底恐縮した様子で深く頭を下げたまま顔を上げようとしない篠に、藤堂は慌てて、

「違うのだ」

とその腕を摑《つか》み、顔を覗《のぞ》き込んだ。

「別に不快になど思っていない……ただ……想像してしまっただけだ……」

「想像？」

おずおずと顔を上げ、問い返してきた篠が、あ、と察した顔になる。自分で言い出したこ

とながら羞恥《しゆうち》を煽《あお》られた藤堂は、すべてお前のせいだ、と篠を睨んだ。

「……お前が恥ずかしいことを言うからじゃないか」

「…………申し訳ありません……」

またも篠は頭を下げたが、その声は笑いを含んでいた。すぐに顔を上げ、にっこりと微笑みかけてきた篠は、実に嬉《うれ》しそうな顔をしている。

「何を笑っている？」

照れ隠しもあり、藤堂がそう問うと、篠は「はい」と頷いたあと、ますます藤堂を照れさせる言葉を口にした。

「祐一郎様が私と同じ思いを抱いてくださったことが嬉しいのです」

「……私はお前があまりにも恥ずかしいことを言うのに驚いただけだ」

「はい、申し訳ありません」

自分はこうも照れているというのに、篠はにこにこと、それは嬉しげに答えてくる。彼も照れさせてやろう——という意図があったわけではない。が、自分ばかり照れるのは悔しいという思いもあり、藤堂はつい篠にこう言い返してしまった。

「お前が淫らな想像をすることにも驚いたぞ」

言ったと同時に、自分もまた『淫らな想像』をしたと打ち明けていることに気づき、、墓穴を掘ったか、と藤堂はまた顔を赤らめる。俯いた彼の耳に篠の、くすりと笑う声が聞こえた同時に、彼の手が伸びてきて藤堂の右手首を摑んだ。

「なんだ?」

「……想像だけではございません。今もまたあなたを前に淫らな気持ちになっています」

顔を上げ問いかけた藤堂に篠はそう言ったかと思うと、

「失礼いたします」

と一応断りの言葉を口にしてから、摑んだ藤堂の手を自身の股間へと導いた。

「な……っ」

途端に藤堂の口からぎょっとした声が漏れ、彼の目が驚きに見開かれる。そうも藤堂を驚かせたその理由は、篠の雄がすでに充分すぎるほどの熱と硬さを有していたためだった。

先ほどまでさんざん二人で抱き合い、精を吐き出し合ったというのに——そして自分は今、こんなにも疲れ果て、少し前までは息も絶え絶えだったというのに、この回復力はなんなのだ、と啞然《あぜん》として見返す藤堂の前で、篠は初めて少し照れた表情を端正な顔に浮かべた。

「驚かれましたか?」

「……うん……」

未《いま》だ驚愕《きようがく》から立ち直れずにいた藤堂が素直に頷く。と、そのとき彼の手の下で篠の雄が、一段と硬さを増したのがわかった。

「……え……?」

思わず篠を見やると、篠はますます照れた様子になりながらも、じっと藤堂の目を見返し、熱く囁《ささや》きかけてきた。

「……祐一郎様があまりに可愛《かわい》らしいご様子なので我慢ができなくなりました。もう一度、抱いてもよろしいでしょうか」

「可愛い？」

私がか、と、意外な言葉に藤堂が驚きの声を上げる。と同時に強く腕を引かれ、篠の胸に倒れ込んだあとには彼は唇を塞《ふさ》がれていた。

「ん……」

そのままゆっくりとベッドへと押し倒される。篠の手が藤堂の胸をまさぐり、弄《いじ》られすぎて赤く色づいている乳首をきゅっと抓《つね》り上げてきたのに、藤堂の口から悩ましげな声が漏れ、身体に熱が戻ってきた。

「や……っ……」

堪《たま》らず腰を捩《よじ》ってしまいながらも、これ以上の行為は体力的にとても無理だ、と藤堂は篠の胸を押し上げようとしたのだが――。

「……あっ……」

自身もまた欲情を覚えていることは認めざるを得ない、とその手を篠の背に回した。

篠が自分をそうも欲してくれていることが嬉しかった。こうして無茶を強いてくるという

ことはすなわち、彼の心にはもう、自分への遠慮はないのだろう。それが藤堂には嬉しくて仕方がなかった。

変化はすでに訪れている。もう二人の間には『主従』の関係など存在しない。二人にあるのはただ、互いを欲し合う熱烈な愛情のみなのだ。

嬉しさから藤堂は更に強い力で篠にしがみつき、自ら両脚を開いてその脚をも篠の背に回す。

「……祐一郎様……」

積極性溢れる藤堂の行為に、篠は一瞬驚いたように目を見開いたが、すぐにそれは嬉しそうに微笑むと、手を自身の背へと回し、藤堂の脚を解《ほど》かせた。

そのまま藤堂の両脚を抱え上げ、露わにした後孔へと勃《た》ちきった雄をねじ込んでくる。

「あぁっ」

先ほどまで篠の雄を受け入れていたそこは、易々《やすやす》と篠の侵入を許し、そればかりかひくひくと激しく内壁を蠢《うごめ》かせては彼の逞しい雄を奥へと誘《いざな》おうとする。

思いもかけない自分の身体の反応に戸惑いを覚えながらも、藤堂は込み上げる欲情のままに自身も腰を突き出し、接合を深めようとしてしまっていた。

「……祐一郎様の中は……熱いです……」

囁く篠の声も熱に浮かされたようで、一気に腰を進めると、藤堂の両脚を抱え直し、激しく彼を突き上げてくる。

「あっ……あぁっ……あっ……あっ……あっ……」

『体力的に無理』だと思っていたはずの藤堂の雄は今や勃ちきっていた。込み上げる快感に耐え切れず高く喘《あえ》ぐ自分の声が、殊更に藤堂の欲情を煽り立ててゆく。

「あぁっ……諒介《りようすけ》……っ……りょうすけ……っ」

胸に溢れる愛《いと》しさから名を呼び、両手両脚でしっかりとその、愛しい男の背を抱き締める。

「……祐一郎様……っ」

感じ入った様子の篠の声が更に藤堂を昂《たか》め、気づいたときには彼もまた激しく腰を動かしていた。

「……祐一郎……っ……様……っ……」

それに伴い、篠の突き上げが更に激しく、スピーディになる。

ああ、幸せだ――愛しいという気持ちを、欲しいという気持ちを互いに抱き合うのはなんという幸福感を呼び起こすことだろう。今や幸福の絶頂にいる自覚を持ちながら藤堂は、同じく絶頂にいるであろう篠を見上げ、にっこりと笑う。

篠もまたにっこりと笑い返し、腰の律動のスピードを上げる。想いはやはり同じだ、という喜びを抱きながらも藤堂は、やはり明日の朝稽古は休みにすると言わねばと、心の中で呟《つぶや》いていた。

あとがき

はじめまして&こんにちは。愁堂れなです。このたびは七冊目のシャレード文庫『バディ—主従—』をお手に取ってくださり、本当にどうもありがとうございました。

こちらは四月発行の『バディ—相棒—』リンク作となります。警視庁警備部警護課の、凜々しくも美しいチームリーダー藤堂と、生まれたときから藤堂に影のように寄り添ってきた篠のラブストーリーとなりました。前作同様、とても楽しみながら書かせていただきましたこの本が皆様にも少しでも楽しんでいただけましたら、これほど嬉しいことはありません。

イラストの明神翼先生、今回も本当に……ほんっとーに!! 素晴らしいイラストをどうもありがとうございました。ラフをいただくたびに担当様に向かって「素敵ですねー!!」「私、本当に幸せです!!」と連呼してしまってました。藤堂も篠も最高です!! 子供時代の二人に萌え、剣道着に萌え、辛そうに藤堂を抱く篠に萌え、涙を流す藤堂に萌え、そしてかっこいい見開きイラストに萌え！　と、最初から最後まで激萌えさせていただきました。本当に素晴らしいイラストをどうもありがとうございました。ご一緒させていただけて本当に幸せでした！

また、担当様をはじめ、本書発行に携わってくださいましたすべての皆様に、この場をお借りいたしまして心より御礼申し上げます。

最後に何よりこの本をお手に取ってくださいました皆様に、御礼申し上げます。今回の『バディ』、いかがでしたでしょうか。少しでも楽しんでいただけていますよう、お祈りしています。よろしかったらどうぞご感想をお聞かせくださいね。心よりお待ちしています！

今回の『主従』ペアも、前回の『相棒』ペアも、またいつか続きを書きたいなと思っていますので、よろしかったらどうぞリクエストなさってくださいね。

また皆様にお目にかかれますことを、切にお祈りしています。

二〇一〇年六月吉日

愁堂れな

（公式サイト「シャインズ」http://www.r-shuhdoh.com/）

Cover Rough Sketch Version 2

by Tsubasa Myohjin

愁堂れな先生、明神翼先生へのお便り、
本作品に関するご意見、ご感想などは
〒101-8405
東京都千代田区三崎町2-18-11
二見書房　シャレード文庫
「バディ―主従―」係まで。

本作品は書き下ろしです

CHARADE BUNKO

バディ ―主従《しゅじゅう》―

【著者】愁堂《しゅうどう》れな

【発行所】株式会社二見書房
東京都千代田区三崎町2-18-11
電話　03(3515)2311[営業]
　　　03(3515)2314[編集]
振替　00170-4-2639
【印刷】株式会社堀内印刷所
【製本】ナショナル製本協同組合

落丁・乱丁本はお取り替えいたします。
定価は、カバーに表示してあります。

ISBN978-4-576-10084-5

http://charade.futami.co.jp/

CHARADE BUNKO

スタイリッシュ＆スウィートな男たちの恋満載

愁堂れなの本

バディ―相棒―

最高のバディと最高の恋人、悠真はどっちになりたいんだ？

イラスト＝明神 翼

新人の唐沢悠真は、見た目もSPとしての腕もピカイチの百合香と組んで仕事をすることに。当初、何かとからかってくる百合に反発する悠真だったが、歓迎会の翌朝、百合と裸の状態で一つベッドで目覚めて以来、彼のことが気になって…。そんな折、任務で訪れた先で、二人は百合の元バディ・吉永と出会うのだが――。